静静的航班

汉译世界语文选

世界语博物馆 编译

敦煌文艺出版社

图书在版编目（CIP）数据

静静的船舶：汉译世界语文选 / 世界语博物馆编译
. -- 兰州：敦煌文艺出版社，2023.3
ISBN 978-7-5468-2351-5

Ⅰ.①静… Ⅱ.①世… Ⅲ.①世界文学—作品综合集
Ⅳ.①I11

中国国家版本馆CIP数据核字（2023）第054504号

静静的船舶：汉译世界语文选

世界语博物馆　编译

责任编辑：李佳
封面设计：蒋凯瑞

敦煌文艺出版社出版、发行

地址：（730030）兰州市城关区读者大道568号

邮箱：dunhuangwenyi1958@126.com

0931-2131556（编辑部）

0931-2131387（发行部）

天津鑫恒彩印刷有限公司印刷

开本　710毫米×1000毫米　1/16　印张　11.5　　字数　210千

2023年11月第1版　2023年11月第1次印刷

印数　1～1 000 册

ISBN 978-7-5468-2351-5

定价: 68.00元

编委会

前　言

　　语言是文化的载体，文学是文化交流和传承的手段之一，民族文化的交流和传承有赖于译介活动。

　　据统计，世界上有2000多个民族，5000多种语言，正是这些民族和语言铸就了多彩多姿的世界，构建了文化的多样性，丰富了世界的文学宝库。然而，由于大国语言的强势地位和垄断，弱小民族的文化交流受到一定的限制。其口头上的"民族不分大小，国家不分强劣"只不过是爱好和平的人们的美好愿景而已。在强势民族及其语言的打压之下，世界部分民族语言和文化不断消失，保护语言多样性和文化多样性的呼声成为21世纪的文化强音。2005年10月，第33届联合国教科文组织大会上通过的《保护和促进文化表现形式多样性公约》，其目的就是尊重文化多样性，加强文化交流。文化多样性是人类社会的基本特征，也是人类文明进步的重要动力。

　　实现文化多样性的保护措施之一就是译介活动，为了保护民族文化，特别是弱小民族的文化，各国的世界语者致力于世界语译介或创作活动。据不完全统计，全世界已经出版的世界语图书有4万多种，其中不乏世界文学名著，世界语的文化宝库不断丰富。同时，国际上还出现了一批优秀的世界语作家和翻译家，各国纷纷成立了世界语文学院。

　　世界语文学的汉语译介活动也由来已久，早在20世纪20～30年代，胡愈之、巴金、周作人、孙用等人就开始用世界语译介弱小民族文化，其中巴金成为佼佼者，为中外文化交流做出了贡献。

进入21世纪，在科学技术飞速发展的今天，国家和国家之间的合作日益加强，民族与民族之间的交流也越来越频繁，物质上世界一体化，经济上全球化指日可待，但语言文化保护、传承文化融合依然是不可忽视的话题。

2013年，中国提出"一带一路"的倡议，得到了"一带一路"共建国家的响应和支持，第71届联合国大会决议支持"一带一路"等经济合作倡议，敦促各方通过"一带一路"倡议，呼吁国际社会为"一带一路"倡议建设提供安全保障环境。"国之交，民相亲"，在推动"一带一路"经济建设的同时，文化交流活动也越来越频繁。

作为高等学校，理应为推动"一带一路"建设、为"一带一路"共建国家的文化交流做出自己的贡献。2018年，我校经教育部批准设立世界语专业，两年共招收48名本科生，为了推动学校向应用型大学转型，为了提高学生的实际应用能力，我们不仅组织了学生参加国内外世界语活动，还组织他们开展了实际意义上的文化交流和译介活动。这本书就是他们的成果之一，书中收录了16个国家的诗歌、童话和小说共25篇。2020年疫情期间，学校利用网课的形式组织完成了这部文集的翻译工作，可喜可贺！

语言是文化的载体，文学是文化的表达形式。文学的力量无穷无尽，翻译是一门独特的艺术，希望读者能尽享其中，了解其中的文化内涵，也祝愿世界语学子们学业有成，为中外文化交流再立新功！

曹胜强

中华全国世界语协会副会长 枣庄学院党委书记

2020年6月18日

目　录

波兰·世译小说/诗歌

•贵马之下

当电话铃声响起的时候，正好是下午五点。克莱夫警官清楚地记得这个时间，因为当时他正在根据桌子上的表调试他那厚重的银表。他极不愿意地拿起话筒重复每天多次讲的话：

"这里是滨河派出所。我是克莱夫警官！"他的脸上布满了无聊和懒散的表情。

毫无疑问，克莱夫警官感到自己的雄心大志没有实现。当他拿起电话时，他以为又是当地的居民丢了一个小文件袋，或者是某个倒霉的司机在路上遇到正在吃草的绵羊。

就在这一刻，他在电话中听到了平静而又无情的男人的声音：

"我想告诉你，'贵马之下'宾馆发生了谋杀案。"

克莱夫警官没有马上想到这将是他工作中面临的一次挑战，便大笑起来强调说：

"这是多么愚蠢的事情！"

"我不认为这是一件愚蠢的事情！"男人用平静的声音回答，"请到'贵马之下'宾馆看看，您看到大厅前躺着的尸体时，就会相信了。"

克莱夫警官咽了一口唾液。

"请说具体细节！"他兴奋地说。

"我没有时间了解细节，"他回答，"没有人给我钱让我了解细节，你马上离开那该死的派出所，快到这里来！"

"你从哪里打来的电话？"克莱夫问。

"这很容易猜到，"那个男人回答，我当然是在'贵马之下'宾馆里。我就在大厅，看着那个可怜的死人。"

在这个声音里带着讽刺的语调。

"你的姓名？"警官的声音中透露着一丝紧张，回答他的是小声的笑声。

"你不能要求凶手作自我介绍吧！"警官听到了微弱的杂声。

"喂！"他呼唤道，"喂！"

声音消失了，他跨步去拍打电话线的插头，后来才知道，是对方挂断了电话。

"谋杀！"克莱夫警官自言自语道，"明显的谋杀案。"

他擦了擦额头上的汗水，突然恐惧笼罩了他。

"我和凶手通了话。"克莱夫警官想，"现在我要揭穿他，要破案，要把他绳之以法。如果我不能破案，我一定会被解雇的。全世界都知道，克莱夫警官就是一头与凶手通过话并让其逃之夭夭的蠢驴。"

他感觉到一阵难过。毕竟他是一名英国警察，众所周知，英国警察有强烈的责任感。他极其不情愿地站起来，整理好腰带，检查了多年未使用的手枪，去了"贵马之下"宾馆。

当他走进那气势宏伟的建筑时，他注意到露台上有许多人正坐在那里等他。

对于在岛上受过良好训练的警官来说，已经习惯了，克莱夫警官向他们打招呼并说：

"五点钟，我接到了一个特殊的电话！"

克莱夫是一个机智的人，他马上估算出露台上有七个人，三个女人和四个男人。每个人看起来都很害怕，很紧张。克莱夫感觉到，他的到来对他们来说，具有非常重要的意义。

其中一位穿着高尔夫球服的花白头发的老人，一步步向前走来，说：

"电话？我对此一无所知，有人被杀了，但是，女士们，先生们！你们有人报警吗？"

最后一句话是针对露台上的其他六个人说的。他们都强烈地表示没有，其中一位漂亮、有着一双明亮的眼眸、黑脸红发的女人喊道：

"没关系，警官！您能来这里，真是太好了！"

警官完全不认同他们的观点，但他要维护他的威严。

"有人被杀吗？"他严肃并带有一丝惋惜地问。

"是的！"穿着高尔夫球服的先生回答并示意警官走进大厅。因此，克莱夫穿过聚集在露台上的人们，跨过宾馆的门槛，映入眼帘的是一幅可怕的景象——一具男尸躺在大厅正中央的大理石地板上。

"请都不要离开房间！"克莱夫警官边说边蹲在尸体旁边察看。

受害者三十岁左右。死亡前，有用尽最后的力量打斗挣脱的痕迹。他高大帅气，强壮有力，一张值得同情被风吹日晒的脸，他有着浅色的头发，宽大的手掌和粗长的手臂。在他胸口前，有一把刀直插心脏。

"真可怕！"警官听到他身后的耳语。他转过身来，看到身穿高尔夫球服的先生向他走来，警官看着那看上去像是被被害人催眠了的脸。

"我的上帝！"克莱夫警官想，"今天怎么不是我的休息日？"

他真不知道是从什么时候开始有这个想法的。但是，他认为这就像路上的"绵羊事故"一样，确定是谁的绵羊，谁是嫌疑人，这个想法激励了他。

"他是谁？"他指着那具尸体严肃地问。

"警官先生，吉姆真死了吗？"在场的最年轻的女士问道。

"真的，亲爱的女士！"克莱夫警官回答。正是这种确定性使他再次产生不能完全查明真相的预感，但是他将战胜狡猾的凶手。

穿着高尔夫球服的先生说：

"他是吉姆·哈洛。"

"哦！"克莱夫警官警惕起来，并拿出一本厚厚的笔记本。他最终站了起来，接着看着那个男人说：

"我想要进一步了解在座的每一个人。"

那位漂亮且有着一双明亮的眼眸、黑脸红发的女人的脸红了起来，这点变化没有逃脱克莱夫警官的注意。总体上，他感觉越来越好。显然，被刀插入心脏的尸体也不是那么神秘。这个案情是：死者的名字叫吉姆·哈洛，他是那位身穿高尔夫球服的先生的朋友。一刻钟之后，克莱夫警官已经了解了更多的信息。谋杀发生时，"贵马之下"宾馆里有八个人。他们是——受害者吉姆·哈洛；高尔夫球爱好者、受害者的朋友格里芬爵士；漂亮且有着一双明亮的眼眸、黑脸红发的维奥拉·本森小姐，并且随着警官的靠近，她的脸变得越来越红；来自美国俄亥俄州哥伦布市的百万富翁阿奇博尔德·莫斯先生及他的妻子帕特里夏·莫斯夫人；拥有非凡想象力，戴着许多珠宝，

身穿桃红色连衣裙的女士，她是"贵马之下"宾馆的主人霍华德夫人；热爱阳光、美酒、歌曲和快马，对其他都不感兴趣的密西西比人——比亚吉先生；来自伦敦的一位富有的企业家——托马斯·辛克莱先生，他刚离婚不久，是一位有三个可爱女儿的父亲，但是这个假期她们并没有陪伴他。

克莱夫警官的笔记本中已经记录了这些必要的参考资料。一个糟糕的想法在他头脑中涌现。

克莱夫警官想要集中精力，但是在这样阴冷昏暗且躺有尸体的大厅，是难以做到的。所以，他礼貌地请霍华德夫人给他寻找一个安静的角落，以便能够分析他所收集到的材料。

"请！"霍华德夫人说，她的声音使每个人都能想到自己糟糕的童年，因为她的声音和世界上任何一位教师的声音一样。"先生，请到我们的图书馆来！"她指向通往窗户、朝向花园的那个漂亮的门。克莱夫再次强调，不允许任何人离开宾馆，也不能动大厅里的任何物品。他走进图书馆，随后关上了门。

花园中的花儿已经凋零，房间里全是装满书的沉重书柜。

这里真美，克莱夫想着并坐在一把舒服的扶手椅上。他把笔记本放在膝盖上开始思考。但是不知为何，他感觉破案变得很难，而且周围都是一些奇怪的声音。他无法确定它们的位置。他不断翻阅着笔记本，但是某些时候，恐惧使他的静脉血液凝固，即使他将自己的笔记本放在眼前不动，试图在黄昏中阅读看不清的通知，但这个声音仍在他耳边回荡。

"我在这里并不孤单。"他喃喃地说道。为了让自己镇定下来，他专心环顾着整个房间。

"显然，您在这里并不孤单。"在旁边的某个地方有人低声回答道，"我总是和您在一起。"

"我并不相信有鬼。"克莱夫警官说，"那是违背常理的。也许是我睡着了？你到底是谁？"

"我可怜你，好心人。"一个声音飘过来，在黄昏中一个奇怪的影子突然消失了，"所以我才帮助你。"

克莱夫警官看着前面站着的人，这个人的身影有点熟悉。他确信在哪里见过，但就是想不起来。

"先生，你是谁？"他惊讶地重复并带有恭敬和不安。

"我是杜宾。"到来的人回答。

"杜宾。"克莱夫警官反复地说，"老天亲自把你送给我。"

"简单，"杜宾先生回答，"真简单！"

"所以，"杜宾先生坐在舒服的扶手椅上，盯着一堵空墙说话，"克莱夫警官处在混乱之中！您遇到了一个如果不仔细分析每一个细节就将无法破解的案件。我随时都可以为您提供帮助。"

"杜宾先生！"克莱夫警官喊着就沉醉在'天上掉馅饼'的机遇里，"求您救救我！我对此一无所知，如果您能跟我去大厅……"

杜宾先生说："什么目的？"他疲倦地闭上了双眼："什么目的，我善良的朋友？你想一想，看到身体被命运残酷摧残，看到年轻的生命戛然而止，或者更为确切地说，看到禽兽手中的匕首割断了他的生命线，我能轻松地破解案件吗？"

"我想，"克莱夫说，"你愿意帮助我吗？"

"当然愿意！"杜宾先生说，他再一次睁开双眼，"但我必须一直坐在这把扶手椅上。"

克莱夫警官变得沉默寡言，越来越困惑。杜宾先生甚至一点儿没有注意他，他说话的声音单调枯燥且有点沙哑。他身穿烟草色大衣的身影在暮色中渐渐模糊了。说话的时候，他时不时地举起那细腻纤细的手来抚摸他灰白的脸。

"这家宾馆或者靠近马路的宾馆都被称为'贵马之下'。"杜宾先生说，他手指上戴着的漂亮戒指在秋日的阳光下更加光彩夺目。"在这个宾馆里有，正好是八个人，其中一人被谋杀，刀子刺中了他的心脏。朋友，你的脑子里想的什么，是刀子吗？"

杜宾先生集中注意力盯着克莱夫的眼睛。

"刀子，"克莱夫不确定地重复着，"联想到刀子……"

克莱夫停了下来，不知道该说些什么。

"大胆地想，朋友！"杜宾先生说，"联想是解开案件谜底最直接的方法，太简单！请用温暖的毛毯盖住我的双腿！"

克莱夫答应了他的请求，杜宾先生有点发抖，寒冷渗透了整个房间，他继续说：

"所以我们想有一把刀，正是用那把刀……"

"我想要补充一句，"克莱夫打断他的话，"刀上没有任何人的指纹。"

"嘿！"杜宾先生说，"没有什么？"

"指纹。"克莱夫重复说。

"人的手指不可能在谋杀工具手柄上留下任何指纹。"

"但是,"克莱夫试图反驳,"在大量的证据中,指纹确实存在……"

"够了!"杜宾先生严厉地打断他的话。他灰白的脸颤抖着并表现出烦躁的情绪,漂亮的戒指散发出不祥的光芒。

"够了!"他重复,"先生,您在念什么理论资料!犯罪是精神层面的。最后听我说,您要感谢我,解开那错综复杂的爱情纠葛,正是他们导致了吉姆·哈洛如此悲惨的结局。"

他重新拿起从他膝盖上掉落的毯子,继续说:

"所以,我们想有一把刀。当我们谈论这把刀的时候,它让我们想到了制造它的两种材料:金属和木材。我们正处在两难的境地,开始进入最难攻克的地方,通过选择金属,我们想到了钱,钱也来自金属。人们也可以选择木头。棍子是用木头做的,棍子是打高尔夫球用的,格里芬爵士打高尔夫球。如果说他是凶手,在哈洛死后,格里芬会不会感到遗憾和悲伤呢?可能是,他拥有盎格鲁–撒克逊人的血脉,加上老绅士的举止和这个年龄的经历,我们可以联想到,他毫不犹豫地像畜生一样行事,然后假装失去朋友后痛心欲绝。"

"罗马人常说,'唯利是图'绝对是对的。谁是格里芬?家境良好的贵族。购买运河的火车票和观光大篷车的票对他来说是件小事。他可以在欧洲的中心度假。但是他却经常来'贵马之下',又怎样解释这件事呢?是享受安静?"克莱夫说。

杜宾先生简短而又由衷地笑了。

"完全不!亲爱的克莱夫,不是他想来这里休息!这个宾馆的所有客人,彼此之间都非常了解,关系都很亲密,这个亲密关系你在美国是永远不会见到的。在这种条件下,格里芬无法获得向往的安静的休息。这只能与爱的欲望相提并论。您说过,本森小姐非常漂亮。她从伦敦来到这里度假。吉姆·哈洛跟随她来到这里,痛苦而又辛酸的爱情锁住了这两个人的心。她是来自社会底层的穷苦女孩,他是来自家境良好的男人,是命运赋予他生命中最好的一切。他们是为彼此而生的。如果不是那个拥有强壮手臂和甜言蜜语的英俊青年,谁又能爱上这位文静、有魅力、处女般羞涩和谦卑的女孩呢?天哪!老天保佑我,我竟然对两人的爱情产生世俗的怀疑,那是纯洁的爱,两个天使的爱。"

"但是世界上的所有事物并非都是纯洁的，格里芬一直追求漂亮的本森小姐。没有用，她并不贪恋他的财富和地位。这个可恶的色鬼知道是谁阻碍了他的计划。那他怎么办？他来到'贵马之下'宾馆，他雇佣了来自西西里岛的男孩比亚吉。这个比亚吉对吉姆·哈洛犯下可恶的罪行。然而本森小姐的漂亮令人陶醉。他成了自己良心的受害者，这种罪恶像狗啃骨头一样啃噬他！"

"您完全忘记了那位美国的百万富翁。"克莱夫突然胆怯地插话。

杜宾先生讽刺地笑起来，但是他那在暮色中闪烁着的双眸表现出了体谅和同情。

"美国人！"他重复，再一次无忧无虑地笑了起来，"美国人从来不用刀子杀人，他们是这方面的专家，他们没有古老的传统，与欧洲人相比他们是庸俗的实用主义者，刀子是他们传统的经典乐器，剑是与贵族息息相关的，匕首只能令人联想到西西里人。因此只考虑两个人，贵族格里芬和西西里人比亚吉。这些人来这里只为了怀旧，没有任何线索能将他们与犯罪联系起来。但是让我们回到问题的核心上来，被本森小姐迷住的比亚吉扔掉了那把切断吉姆生命线的刀。克莱夫，我向你保证，不超过一周，这个比亚吉就要祈祷，至少是为他的罪行赎罪，这是处女贞洁的力量。即使是最坚硬的心也会像蜡一样融化。

"然而，格里芬并没有放弃谋杀。当西西里人拒绝参加这一可恶的行动时，这位老爵士自己拿起了这把刀。这件事是在午餐时发生的，当时大家都在自己的房间里休息，可怜的吉姆去了大厅。什么目的？这一点没有人会猜到。然后潜伏在壁炉后面的老爵士跳出来，给了他致命的一刀。"

杜宾先生摇了摇头，双眸变得有点忧郁。

"是的，克莱夫！"他悲伤地说，"这是不贞的欲望所导致的，现在这个人要垂死挣扎，但这将不再使霍华德的生活恢复原状，也不会减轻这个小女孩的悔恨。"

克莱夫摇了摇头，他并没有完全相信。

"好吧！"他说，比之前更镇定一些，"先生，但是你没有向我解释这个电话的秘密。"

杜宾又开始捋起自己的胡子。

"电话？"他拉长了声音说，"亲爱的克莱夫，我那个时候根本就没有电话，我该如何向你解释那根本不存在的谜呢？"

"通过联想！"克莱夫警官喃喃低语。

这一刻，他注意到杜宾先生已经不在扶手椅上了，只有他一个人在房间里。从图书馆书架的深处再次传来低沉的、沙沙的、翻动书页的声音。

他转过身来，在他面前有两位友善的绅士，其中一位无疑是夏洛克·福尔摩斯，另一位是与他密不可分的朋友沃森博士。克莱夫警官开始想，这是必然会发生的事，他一点也不感到惊讶。他认为这两位著名的绅士出现在这里是很自然的事情。

福尔摩斯像往常一样，身穿苏格兰细羊毛的夹克，头戴一顶蕾丝帽，帽子上有受人爱戴的羽饰，嘴里叼着他那著名的烟斗。

"有什么新消息，警官？"他说。克莱夫再次陷入沉思，福尔摩斯的声音与他所想象的一样。

"啊，福尔摩斯先生！"克莱夫警官说，"如果您能向我提供帮助，我将不胜感激。"刚才杜宾先生在我这里，但是他无法使我相信格里芬爵士是凶手。

夏洛克·福尔摩斯皱起了眉头。

"格里芬！"他沉思地重复着，"格里芬也在这里吗？"

他突然转向沃森，补充说：

"您还记得著名的王冠事件吗？亲爱的沃森！只有格里芬爵士用他的快艇追捕犯罪分子哈特曼的时候才得意忘形。"

沃森笑了笑表示同意。

"请不要浪费时间！"福尔摩斯说，"我担心，可怜的格里芬爵士在这里，我们会遇到更多戏剧性的事件。"

克莱夫已经朝着大厅的方向走去，突然福尔摩斯说：

"它是什么？雪莱的书？"他走近其中一个书架，开始专心致志地看一本精装的小册子。

克莱夫盯着他的视线，但并没有发现什么有趣的事，福尔摩斯站着一动不动，然后转过身来，微笑着说：

"哦，是的。现在不是看雪莱诗歌的最佳时机。"

他们进入大厅，克莱夫注意到聚集在哈洛尸体旁边的人对从图书馆里走出来的三个人一点儿都不惊讶。

只有格里芬爵士在认真地看着新来的人，他突然喊了起来：

"我看到了谁？福尔摩斯在这里，"他与著名的神探握了握手。

福尔摩斯节约时间，迅速问道：

"发生谋杀案后，在场的人中有人离开过这里吗？"

所有人同时表示，在警官到来之前没有人离开宾馆。福尔摩斯半眯着眼睛听到了这些信息，然后他在可怜的吉姆·哈洛的身边俯下身子，不知不觉地把什么东西装进了口袋里。

他站了起来。

"你来自哪里？本森小姐。"他突然问。他把注意力从克莱夫身上转到了这位红头发女人身上。

"来自约克郡。"本森小姐回答，她的眼皮在跳动。克莱夫现在才注意到本森小姐的脸上充满了无法形容的甜美，但她的眼皮下全是黑眼圈。

"来自约克郡。"福尔摩斯重复，他站了一会儿，来自伦敦的企业家辛克莱突然对他说：

"亲爱的福尔摩斯先生。我听说过您的很多非凡的事迹，您的观察力令人敬佩。您能让我做个必要的试验吗？"

福尔摩斯看了他一眼。克莱夫意识到有些不同寻常的事情即将发生。

夏洛克·福尔摩斯说：

"观察力是对抗罪犯的最佳武器，不是吗？沃森。"

沃森表示同意。

福尔摩斯再次微笑着对辛克莱先生说："请！我期待您的试验！"

"完美！"辛克莱开始了，他的脸庞像苹果一样，秃着头顶，"您已经见到我一段时间了，我想知道，您现在想对我说什么？"

"不多。"福尔摩斯回答，吸了吸烟嘴，"然而我想说的是，今天你去过斯特拉特福德：英国小镇，位于艾冯河畔，威廉·莎士比亚的出生地，那是你在谋杀吉姆·哈洛之后的事。"辛克莱的脸色苍白并用左手抓住了椅背。

"我还可以补充，"福尔摩斯平静地说，"您曾经是一名水手，您在墨西哥待了很多年，并且拥有……"

"够了。"辛克莱以嘶哑的声音喊道，"您在恐吓我，先生？"

此时维奥拉·本森小姐发出了低沉的呻吟声并跌倒在地，美国的百万富翁阿奇博尔德·莫斯说：

"哦，该死！"

福尔摩斯瞥了他一眼，沃森博士已经着急去帮助这位美丽迷人的年轻姑娘了，这个姑娘像被剪掉的灌木丛一样，躺在地上一动不动。

事故发生后，当所有人都平静下来之时，克莱夫想用某种方式和福尔摩斯谈谈，然后他走到图书馆门口并示意他也过来。

但是福尔摩斯并不急于说话，克莱夫注意到福尔摩斯开始与霍华德夫人谈话，后来又和格里芬爵士谈话，他给人的印象是，躺在旁边的尸体与他毫无关系。

过了一会儿，福尔摩斯转向他的朋友：

"亲爱的沃森，我累了，也许我们应该去图书馆了。"他们很快就离开了，克莱夫没敢跟着他们。之后在半掩着的门后传来了悦耳的小提琴声，克莱夫警官感到强烈的倦意，他坐在墙边的椅子上，听着微弱的耳语和微妙的小提琴声。本森小姐睁开紫罗兰色的眼眸，他们都围在旁边安慰她。突然，小提琴声消失了。克莱夫想借此机会进入图书馆，但是，突然有人粗鲁地敲门。霍华德夫人大步走过去开门。在门槛旁边站着一个头上围着头巾的乞丐，她脸色苍白、双眼发红，正在喃喃低语。

"哦，可怜的女人！"本森小姐以那与生俱来的高贵语气说。

宾馆里所有人都想拒绝她。但是所有在场的人，包括克莱夫都受到苏醒过来的本森小姐的影响，并决定帮助这个不幸的女人。阿奇博尔德·莫斯说：

"请你拿着，善良的妇人，这是我给你的礼物！"他递给她一张总额为"一千封建君主"的里昂银行的支票。本森小姐也走到那个老妇人那里给了她五便士，然后每个人都依次对这个老妇人进行了救济。她由衷地感谢他们并流下了眼泪。最后当她离开的时候，本森小姐感慨：

"衰老和贫困是多么让人伤心啊！"

这句话触动了所有的人。帕特里夏·莫斯夫人用手帕擦拭了双眼。

在图书馆的门后再次听到了小提琴的声音。当声音最后停止的时候，夏洛克·福尔摩斯出现在门槛上。他穿过大厅，走近辛克莱先生，与他交谈了几句话。辛克莱脸色苍白，点点头就离开直接进了餐厅。

克莱夫想要阻止他，但是福尔摩斯做了一个手势，他就放弃了。辛克莱离开后，紧接着在场的所有人都露出惊讶的表情。

"他是位绅士。"福尔摩斯缓缓地说，"我希望他履行对自己的判决。"

突然，一声轰鸣，克莱夫赶到餐厅。此刻在门后的辛克莱消失了，只见他凌乱地躺在地毯上，在他握成拳头的手中拿着一把冒烟的手枪。

他们坐在图书馆里，福尔摩斯叼着烟斗，克莱夫抽着雪茄，沃森不抽烟。在壁炉架上放着一把小提琴。福尔摩斯平静地擦了擦沾在手上的松香。

"亲爱的福尔摩斯先生，我无法想象你是怎样发现这一罪犯的。"沃森博士问道。

福尔摩斯清理了烟斗，开始讲述他的故事。

约书亚·辛克莱是尤卡坦州阿兹台克教派的一名牧师。吉姆·哈洛也属于这个教派。但在眼下较陌生的环境里，这将永远是秘密。他决定退出这个教派并回到我们英国国教的怀抱。毫无疑问，他一定告诉了与他交往过密的辛克莱先生。他不知道，可怜的人，这个秘密的泄露会给他带来杀身之祸。当他知道的时候已经太晚了。

"今天早晨哈洛进入图书馆，从书架上拿走了一本雪莱的书，对此我有证据。他在这本书的封面上留下了痕迹，这是哈洛闪耀的袖口无意间在封面上划到的。可怜的吉姆读了雪莱关于阿兹台克宗教的诗歌。就在这个地方，这本书的书角被折叠了起来。

"但是当我查看到这本书时，我仍然不知道它有什么意义。我们勇敢的克莱夫警官没有注意到被谋杀的吉姆·哈洛的拳头中握着一只制作精巧的金色雕像。阿兹台克神父通常将这些雕像放到受害者手中。当时我就知道哈洛被阿兹台克教派的信使谋杀了。

"辛克莱引起了我的怀疑，因为他说谎，他说他一整天都没有离开过房间。在他的裤子上，我注意到了罂粟的秸秆，是新鲜的秸秆。众所周知，罂粟生长在河对面的斯特拉特福德附近。认识这种植物的人，不会看错。因此，辛克莱在谋杀案之后，就去了斯特拉特福德。他去的目的是什么？他为什么隐瞒此事？

"当时我们两个人好像在图书馆，我委托沃森去斯特拉特福德。亲爱的沃森查明，有一个和辛克莱长相一样的人，两点多向墨西哥寄出了文件，确定是一个文件。他脸色苍白得可怕。不能确定他在海上航行了多长时间，但他步伐稳健，手上的纹身显然证明，他曾是一名水手。他手里拎着普拉西多根制成的木棍。它是生长在尤卡坦州的仙人掌属植物，而且只有那里的人才能制作类似的棍子。还有，当我用胳膊碰他时，在他大衣的口袋里，我注意到了那件我在可怜的受害者手中发现的阿兹台克人偶像的雕像。

"但是，我没有最后的证据，亲爱的先生们！您一定知道刺杀哈洛的人是用左手刺杀的。因此，我和沃森去了图书馆，当我的朋友去了斯特拉特福德的邮局时，我很快伪装成女乞丐在那里乞讨，在场的所有人，包括您，亲爱的警官，都用右手接

济我。只有辛克莱用左手。我回到图书馆卸下伪装，进入大厅。当我走近凶手的时候，我说：'辛克莱，我全都知道了，阿兹台克人的偶像也拯救不了你！'我补充说，'我希望他绅士点，我承认约书亚·辛克莱没有辜负我的期望……'"

福尔摩斯讲完了，他再一次开始清理堵塞的烟管。克莱夫警官开始感受到难为情。

这一刻，对克莱夫警官来说，一场特别的冒险还未到来就已结束。他甚至还一点儿都没有安静下来，当夏洛克·福尔摩斯和他亲密无间的朋友沃森突然消失后，从图书馆的一角又出现一个奇怪的身影。克莱夫根据自己的阅历，马上就认出了这个影子是谁。

"哦，先生，我很高兴见到你！"他笑着说。

"向您致敬。"新来的人说着并深深地鞠躬，"尊敬的警官，您的微笑对我来说就像晴朗午后的灿烂阳光，我应该闭上眼睛，以免被您的喜悦蒙蔽。"

"但是陈先生！"克莱夫深感不安地说，"我不想听这些。真的！我很高兴来自火奴鲁鲁的著名的查理·陈能够帮助我解决谋杀案问题。"

查理又笑了笑，然后回答：

"如果你愿意向我介绍他们，我会感到非常荣幸。"

"当然，当然。"克莱夫说。片刻之后，他俩都来到了大厅。所有人都还在这里，准确地说是无辜地被留在这里。他们的脸上都呈现出倦意，尤其是格里芬爵士，无法掩饰的困倦和沮丧。吉姆·哈洛躺在那里，像对一切都漠不关心。他扭过脸仿佛在仔细观察天花板上的水渍。查理·陈看着并经过尸体时说：

"命由天定，然而我也深信，命运掌握在自己手中。"

他热情地笑了起来并转向格里芬爵士："先生，您愿意将一些宝贵的时间投入那些不值得的人身上而寻求真相吗？"

"很高兴！"格里芬回答。

他们俩移步大厅中心，开始了激烈的讨论。克莱夫一点点靠近，仔细听着谈话。查理·陈说：

"几个疑问，格里芬先生！谁发现的尸体？"

"我。"格里芬回答并揉了揉下巴，"当时我正要下楼去图书馆借书。突然，我听到吉姆·哈洛从下面传来一声大笑。然后，我上楼梯时，听到了断裂声。"

"断裂声？"查理·陈重复着并微笑起来。"是的，就像木条或者一些类似木头的东西断裂。当然我那时没有注意到，但是过了一会儿，下楼梯的时候，我看见莫斯先生快速上楼，他面色苍白，含糊不清地向我打招呼，我耸了耸肩，然后就走了……"

"下来？"陈插话道，再次微笑。

"是的，下来。"

"你看到了哈洛的尸体？"

"哦，不，我最早在客厅遇到了本森小姐，她给我留下了深刻的印象，她非常紧张，脸色苍白。"

"她当时站在哪里？"查理·陈问道，并开始注意她那闪亮的鞋子。

"在窗户旁。她手里握着一把尺子。"

"尺子！"陈重复，"还有什么？"

"在隔壁房间我看到霍华德夫人坐在莫斯夫人旁边的扶手椅上。两位女士忙于织衣物。"

"当鹿靠近老虎时，就不好了。"查理·陈说。

"你可以结束那些愚蠢的谎言了。"格里芬爵士恼怒地打断他，但是来自华人的善良的微笑立刻使他变得柔和，因此他用一种较平静的语气继续说：

"当我在小客厅里和莫斯夫人谈论时，比亚吉进来了。我十分讨厌这个粗鲁而简单的家伙！英国最近成为这类伪君子的舞台。"

他突然开始仔细观察爵士并说道："先生，您曾有一次格外有趣的散步。"

"从这个房间到门厅的路上，你大概认识了这个宾馆的所有房客。多么巧呀！"

"并不是所有房客。"格里芬回答道。他并没有意识到来自陈的嘲讽之意。之后，比亚吉从客厅走近辛克莱。

"他也曾紧张过吗？"格里芬凝视着他。

"不，看起来并不是这样，他十分淡定。"

"哦，终于可以安静下来了。"查理小声说，"但是后来发生了什么？"

"后来，我走进了大厅，就突然看到吉姆躺在地板上死了。"

"你开始尖叫吗？"

"是的，所有房客都立刻跑到这来了，但已经晚了。"

"感谢您，先生！"陈说道，并且又微笑起来。他向大厅中央走去，但是片刻之后他重新转身走向格里芬。

"稍等一下，先生！"他说道，"我能力有限，听不懂一些词，要对我多说几遍。从大厅到小客厅只有这一条路吗？"

"是的！"格里芬回答道。

"比亚吉和辛克莱是从哪扇门进入客厅的呢？"

"大厅的一侧。我懂了，陈先生，您的目的是什么？"

查理皱起眉头。

"我还是没有搞清楚所发生的事。"

他转过身然后环顾整个房子。

返回到开始的地方，查理请大家到图书馆交谈，克莱夫也到场了，就像是一个无声的证人。

"亲爱的莫斯先生！"在这个美国百万富翁坐在扶椅上时，查理说道，"在您那张令人尊敬且带着同情的脸上，我察觉不到一丝紧张的迹象。您乐意告诉我，您是怎么得到这个纪念品的呢？"

莫斯先生脸色变得十分苍白，嘴里磨着牙咒骂起来，然后开始抽烟。无法忍受这些烟草雾气的查理，走近窗户并打开了窗户。图书馆里流入了又凉又清爽的晚风，天已经黑了。

"先生，你能告诉我，昨天中午的十一点到十一点一刻你在哪里？"陈盯着窗外昏暗的天空问道。

"在这里！"莫斯回答道，"在这个宾馆里。"

"你就像不断揭开难以想象的真相的武培。我很想知道，这段时间你在哪里？"

"在大厅里，亲爱的！"莫斯回答道，"过了一会儿，我就上楼去我的房间了。在楼梯上遇到了忧郁的格里芬。我在我的房间忽然听到喊叫声，然后我立刻往楼下跑，跑到大厅。"

"勇敢点！"陈喊道，"那么在大客厅的这段时间里都是你自己一个人吗？"莫斯开始犹豫起来，回答道："并不一直都是我一个人，本森小姐也在。我和她聊了几句。"

"然后她离开了吗？"

"也许是这样。我记得不是很清楚了。"就这样，陈结束了他和莫斯先生的对话。

辛克莱和比亚吉承认和莫斯先生一起，他们都在小花园里并且在那里谈起意大利，之后他们就分开了。莫斯女士去了小客厅，并且他们跟了她几分钟，因为与此同时他们一边走一边看新花坛。

"接下来，从十一点到十一点十分这段时间你们三个都在一起吗？"

"是的。"辛克莱回答道，然后比亚吉和莫斯夫人也确认是这样。

"我也爱大自然，"陈说，他在和辛克莱交谈时说过，"尤其喜欢疲劳时晒太阳。"

"我不是。"辛克莱回答道，"我们准确地来说是在谈论意大利，我表达的意思是那儿对于我来说太热了。"

"你坐在阴凉的地方吗？"陈突然问道。克莱夫吓了一跳，那可能包含了某种含义。

"是的，在阴凉的地方。"辛克莱回答道，并且开始专注地看向陈。

查理·陈点点头微笑，对此表示满意。

后来，陈和霍华德先生聊了一会儿，最后又和本森小姐聊了一会儿。

维奥拉·本森脸色苍白且紧张万分。她走进房间和来自夏威夷面带同情的侦探面对面地坐着，并且试图回避他的视线。

"有句俗话说得好，一心不可二用。"查理烦恼地摇了摇头，说道。

"你在想什么？"本森小姐生气了。

"我只想知道，小姐，你拿尺子干什么？我想立刻看到它。"

"什么尺子？"她大声地喊道，但是查理·陈依然固执地坚持着。

"如果你乐意跟我讲讲你在十一点到十一点十五分之间和莫斯先生在客厅里聊了些什么，我会很满意。"

"我记不清了，可能是聊天气。"她抿着嘴唇回答。她突然皱起了美丽的眉头，并且快速补充。她似乎回想起了一些细节。

"对了！我和他聊了聊去意大利旅行的计划。"

查理·陈差点从扶椅上跳了起来。但是他立刻控制住自己的情绪，并且小声嘀咕道："大象都会有惊奇的时候。"他站了起来，专心地看向本森小姐的脸，突然从薄夹克下抽出来一把尺子。

"我在你卧室里找到它的，本森小姐！"他看向她现在似乎完全没有血色的脸。

"这就是全部。"她平静地说，然后开心地笑起来。

"你可以回去了。小姐，到你的房间去！"

她默默地走了出去。当他们两个人待在一起时，克莱夫想说些什么为她辩护，

但是陈马上说道："最坏的是预示着暴风雨来临前的乌云，没有乌云，闪电就不会来。"说着他从图书馆走出来。克莱夫跟着他。这位来自夏威夷的侦探穿过了大厅，直接去了花园。他在那徘徊了很长时间，紧盯着地面。当他最后回到大厅时他转向比亚吉说道：

"我很想问你两个问题，比亚吉先生！"

这个西西里人用舌头舔了舔嘴唇，并很顺从地跟在陈身后，来到了图书馆。克莱夫紧随其后。

"亲爱的比亚吉先生！"查理说道，"你散步的时候阳光很强烈吗？"

"是的！"比亚吉回答道，"对我来说这没有问题，但是辛克莱热得受不了。莫斯夫人也在抱怨，阳光太讨厌。她就让我给她拿一把伞。"

"那么你拿了吗？"

"拿了。"

"莫斯夫人和你一直都在一起散步吗？"

"当然！"

他突然沉默了，但是一会儿又补充道：

"确切来说不是一直。当她拿到伞时，就坐在藤椅上了。为了防晒，她坐到了阴凉的地方。"

查理·陈满意地搓了搓手。

"谢谢你，比亚吉先生！"他说道。

"这个西西里人离开了，"辛克莱生气地喊道，"或许你应该解释这一切。"

"我们要揭开凶手的真面目了，朋友！"陈平静地回答道，"我们对生命的了解还是太少了……我们不必去猜想，即使是河马也可以拥有伟大的爱情。"

他中断了一会儿又补充道：

"这个凶手有很强的观察能力，他做了可耻的事，但是我同情他。请辛克莱先生到这里来！"

陈和辛克莱先生进行了短暂的对话，但是克莱夫仍旧什么也没明白。为什么？真是见鬼，陈为什么如此坚持要确定莫斯夫人坐到藤椅上的精确时间呢？

克莱夫的好奇心最终被满足了。陈邀请莫斯夫人来到图书馆，然后简短地说："事情结束了。我知道了全部。我可以把一切都讲给你听。"

莫斯夫人面色苍白，却极力平静地回答："我不知道你指的是什么。"

"我马上就会把一切都讲出来。"查理·陈说道，"夫人，你很早就知道，你丈夫的情人是维奥拉·本森，他包养了她。他给她钱，确切来说是因为她，你的丈夫才会怠慢了你。你也知道吉姆·哈洛爱维奥拉，并且还打算和她结婚。也正是因为吉姆，她迫切地想获得财富。你长期以来就试图让你丈夫离开维奥拉，但却没有成功。你知道，他会和她在一起，虽然前段时间维奥拉一直残忍地对待他。毫无疑问，这样的女人更能牢牢锁住男人。"

陈喘了口气，然后接着说道："这件事你一直都在妥协。莫斯先生决定跟着维奥拉到天涯海角。你不会杀了维奥拉，因为那样太简单了。你不想在监狱度过你的余生。你想毫不费力地夺回你的丈夫。只是莫斯和维奥拉中间多了吉姆·哈洛。如果吉姆消失了，维奥拉也会消失。我在他房间的本子里发现了你给吉姆的信。你恳求他永远离开。可以想象，他对他自己保护这位第三者的作用感到很满意，并且不想放弃这种轻易可以得到的收入。所以你决定干掉吉姆。我承认，这场谋杀设计得非常完美。"

"只是有一个小细节启发我找到了事情的真相。十一点的时候，太阳光线照着这座房子的大厅和小客厅窗户的那一边。没有人能告诉我，当时窗户是开着的。是本森小姐把我引到这个思路上来的。当被问到她和你的丈夫在小客厅里聊了些什么的时候，她回答说是关于去意大利旅行的事。但事实不是这样。他们在谈钱，他们在争吵。莫斯被冰冷的尺子抽了耳光。她应该对他特别生气，他的脸颊上还有血迹。

"毫无疑问，维奥拉不想承认这些。她打定主意把对话内容说成是有关意大利的话题。她不能回答，为什么她想到这些事，但是我知道为什么。窗户是开着的，并且这一次的谈话内容，你和比亚吉、辛克莱都清楚地听到了。因此我就知道了，凶手是通过什么方式神不知鬼不觉地进入大厅里的，就是通过这扇敞开的窗户。

"但是你有完美的不在场证明，莫斯夫人。两个当事人离开你是一小会儿。真是一小会儿吗？是的！百密终有一疏。你开始说到太阳，当时你让比亚吉拿伞。当比亚吉离开以后，你对辛克莱说坐着说话更方便，让他去搬椅子。这两位先生要围着这座房子走一圈才能完成任务。比亚吉穿过大厅，直接去房间拿伞，然后下楼再往外走。你看见他路过了开着的窗户。当他已经离开大厅时，吉姆就出现了。你知道他要到这里。他的一些习惯你观察了很久。他是一个做事很有条理的人，尽管他是第三者的保护者。准确地说，十一点他习惯性下楼到图书馆。正好在那个时间，你让辛克莱去搬椅子。他搬椅子也要围着房子绕一圈。对你来说，四十秒是足够的，爬过窗户，进入

大厅，然后把刀子插进惊慌失措的吉姆的胸膛。实际上他看着一个上了年纪的女人爬出了窗户，甚至发出了笑声。当他发现生命受到威胁时为时已晚。是的，亲爱的夫人。俗话说，如果让鹰笑起来，鹧鸪也可以杀死鹰。乐极生悲。"

查理·陈开始沉默并微眯着眼睛。克莱夫有了一些头绪，来自火奴鲁鲁的侦探已经睡着了，但那只是看起来。当莫斯夫人一有动作，查理立刻醒了过来。

"不要害自己，夫人，你旅行袋里的那包氰化钾早已没有了。你看到的是没有危险的、抗感冒的药丸。我为我的愚蠢请求你的原谅，因为是我让你如此难过。"

克莱夫明白了这一切。

"莫斯夫人，我正式逮捕你！"他说着从扶椅上站了起来，"我想事情应该结束了。"

当克莱夫警官走近莫斯夫人时，莫斯夫人不见了，出现了一位苗条的蓬头垢面的人，带着同情和警觉的目光。

"维奥拉！"这个人说着就站了起来。他就像是一个来自马戏团的魔术师。但是克莱夫已经习惯于"贵马之下"宾馆出现的这些怪事，他脸上甚至露出了微笑。当然，对这个多情的人来说，他看起来不是很聪明的样子。

"你感到很疲惫，克莱夫警官！"他用很理解的语气说着，"我们希望这件事情赶快得到解决，并且今天晚上还要一起喝一杯。"

"波洛先生！"克莱夫小声地说道，"如果你不救我，当时真的……"

"安静，警官！"赫库莱斯·波洛说。

这个比利时人用手摸了摸他凸起的额头，之后他搓了搓手并高兴地说道："我们不要浪费时间了，我的朋友！向前走，向前走！"走进大厅，他们发现宾馆所有的客人都在这里。

波洛靠近围着尸体站了一圈的人群，并且礼貌简短地向所有人介绍了自己。看着本森小姐的眼睛，他喃喃道："真是不可思议！"

他并没有露出他的天真。他转向格里芬爵士说道："你是第一个发现尸体的人吗？"

"完全不是！"这位老绅士回答，就像吞了鱼油一样，"我听到尖叫声的时候，正在我的房间里。我立刻跑下楼，然后发现比亚吉先生俯身看着吉姆·哈洛先生。"

"很好！"波洛自言自语地小声嘀咕。

"就是这样！正好走到了窗户旁边的时候，我发现有人躺在大厅的一边。我跑到这里，但是已经太晚了，吉姆已经死了。这个男人就像一头牛一样躺在地上，并且很快就死亡了。"比亚吉加入谈话中来。

波洛不知道说什么好，只好做了个鬼脸。然后他突然跪在尸体旁边仔细观察。一瞬间，克莱夫注意到那个比利时人小心翼翼地捡起了一个东西，把它藏在口袋里。然后他站了起来，露出了满意的笑容。

与此同时，他开始嗅了起来，一会嗅这儿，又一会嗅那儿。之后他弯下身子好像是用鼻子碰到衬衫的衣领子。当他重新站直时，便是愁眉苦脸。

他说："这很有趣！"然后再次开始嗅起来。

"本森小姐！"他说，"您能给我点时间吗？"

她向他投以好奇而又镇定的目光，然后一言不发就向图书馆走去。当他们坐在舒服的扶手椅上时，波洛喘了一口气："天啊，我想要一杯马提尼酒！"

"我认为霍华德夫人可以满足你的要求。"维奥拉说。

"那就等着吧，小姐！"比利时人勇敢地说，并给了本森小姐一个可爱的微笑。当他说出这些话时，他向那个女孩鞠了一躬，轻轻地嗅了起来。他的脸上露出惊讶的表情，但是维奥拉对他的举止并没有察觉到什么不同。

"小姐！"过了一会儿，波洛说，"你有一头漂亮的秀发。"

的确，即使是最挑剔的人也会将维奥拉·本森视为完美的美女，特别是她引以为豪的头发，蓬松，柔软。天然栗子色，具有不同层次的色调，那色调跟高级的铜色和菁草的颜色有点相似。维奥拉悄悄地接受了比利时人对她的赞美。

"您用了香水，这证明了女士您的品位和时尚感。"波洛保持着微笑。

"斯基帕雷利！"这个名字脱口而出。并且他很快又高兴地笑起来。本森小姐微微扬起了眉毛，这使她脸上出现了很强势的表情。对于克莱夫来说，很明显，这样的女人，男人们已经准备好为之拼命了。但赫库莱斯·波洛有了其他想法，因为他问道：

"女士，您真的很爱吉姆·哈洛吗？"

"他对我很好。"本森小姐冷冷地回答，把手放到胸口。

"多么浪漫？"他闭上眼睛说，"永远浪漫！"

本森小姐插话说："我们没有过分……"

"那不是爱吗？"波洛突然感兴趣地问道。

"就我而言，当然不是。"她几乎无耻地说。

克莱夫注意到比利时人的脸上出现了红点。波洛是一个传统的老人，他无法接受年轻一代玩世不恭的态度。

最后他说："谢谢你，小姐！"然后起身并放弃了更多的问题："我想我们会再见面的。"

维奥拉·本森以外的其他人应该都会感觉到深入骨髓的冰冷，但是这位年轻女子似乎完全控制了自己的神经。她微笑着走了出去。

"他们俩单独相处时，"克莱夫弱弱地问，"波洛先生，你怀疑她吗？"

"没有，真没有！"比利时人回答，"太简单了。无论如何，这位年轻女子已经不吸引我了。她太高冷，不符合我的口味。"他像往常一样微笑着揉着手。他们已经回到大厅里。波洛转向宾馆的主人霍华德夫人。

"真是一个美丽的夜晚！"他如实地说，"您不觉得需要呼吸一下新鲜空气吗？"

霍华德夫人被他的殷勤奉承着，答道："我愿意出去走走。"

他们三人离开大厅向花园走去。波洛和霍华德夫人走在一起。克莱夫在他们后边默默不语，而又备感兴奋。

"夫人，您认识维奥拉·本森多长时间了？"比利时人问。

"四年，也许五年。"她毫无疑问地回答。

"每年夏天，维奥拉都来这里度假。"

"她很友好，对吗？"

"但是，"波洛回答，并做了一个不愉快的表情，好像有人在阻碍他表达这样的观点，"但是您是否注意到维奥拉小姐有些轻浮？"

霍华德夫人回答说："这个年龄，每个女人都喜欢调情。"波洛向她投去困惑的目光。克莱夫认为，即使在半个世纪之前，霍华德夫人也很少使用"轻浮"这个词。也许是在维多利亚女王时代，但那也太夸张了。

"我要问的是，本森小姐和吉姆·哈洛之间的关系是否完全正常？"波洛问。

霍华德夫人笑了起来。她的笑听起来像狼嚎一样。

"哦，不！"她回答，"不正常。可怜的吉姆为她发狂，但她甚至不想看到他。"

"这个，我喜欢。"比利时人喃喃自语，突然从玫瑰丛摘下一朵花。霍华德夫人对他致命一瞥，但是波洛似乎完全没有意识到自己的可憎行为。他闻一下玫瑰，半眯眼睛，说："令人陶醉！嗅香气是我的爱好！"

"所有玫瑰的香味都是一样的。"克莱夫说。这时，波洛突然停在了田间小路上，好像有了新的想法。克莱夫看了他一眼，奇怪地发现他那苍白而又怨恨的表情。

"我的天！"波洛迅速说道，"我们不要浪费时间。你会原谅我的，夫人，但责任呼唤我回来。"

沮丧的霍华德夫人并没有注意到他的回答，黄昏时，他开始奔向露台。克莱夫追着他，这是在亵渎他腹部沉重的警察腰带。

这个小个子是那么有活力、那么强壮，他的活泼让克莱夫简直惊讶无比。当时波洛发出窒息般的声音：

"快，快！我好像发现了线索。你甚至没有想象到，什么样的怪物和我们在一起。是不是我在这个该死的岛上总会遇到无赖。我需要一个证据，就一个证据。但是我担心，或许已经太晚了。快，警官！比亚吉先生使用的是哪个房间？"

"是一楼走廊右边第二个房间。"克莱夫喘着粗气回答。

"太好了！"

他们不声不响地跑到露台上，波洛立刻消失在墙后。克莱夫走进大厅，看到宾馆的客人都在这里，除了霍华德夫人，她被无情地留在花园里。他宣布："请所有人都待在自己的位置上。"

"我们已经站在这里很久了。"辛克莱带着明显不满的口气回答。

莫斯夫人叹了口气。维奥拉·本森完全平静下来，正在打理她那华丽的头发。比亚吉甚至不想把目光从窗子上移开，克莱夫专心地听着。

莫斯夫人埋怨起欧洲，埋怨起她的丈夫，说不如在迈阿密安静地待着，如此，他们就不会被卷入恐怖的谋杀案。格里芬爵士走向比亚吉并开始与他交谈，但克莱夫听不到谈话的内容。

本森小姐和辛克莱在壁炉前散步，他们微笑着，愉快而又安静。

"太虚伪了！"莫斯夫人说。

"但是，亲爱的。"莫斯先生说道。

维奥拉和辛克莱走近窗户，加入了比亚吉和格里芬爵士的谈话。这时波洛出现在楼梯上。他的脸上洋溢着满意的神情。

"尊敬的女士们，先生们！"他喊道，"就要结束了。"

"终于！"百万富翁喊道，"你能让我给凶手拍张照吗？"

"条件是，只要他愿意就行。"波洛愉快地回答。尽管很紧张，在场的人还是大笑起来。波洛走近克莱夫，轻声说："我在图书馆等你。到那里去，莫斯夫人。她是我现在非常需要的人。"

克莱夫感到惊奇，但还是服从了。那个他默默参加的谈话在他看来是愚蠢的。波洛的行为赢得了这位老富翁的认可。他称赞他敏锐的洞察力。

"你使用了隔壁的房间，夫人！"波洛说，"请告诉我，当时你隔墙听到了什么？"

"没有听到任何动静。"莫斯夫人回复，"他极单纯地说，她讨厌他……他要开车走了……你不能开车走……她生气地回答。"这是情侣之间简单的争吵，接下来的日子当然是一切回到正常的状态。

"你怎样理解'正常状态'，夫人？"

她带着那种美国太太的典型的无忧无虑，自在地笑着。

"我们都是过来人，夫人。有必要解释得那么详细吗？"波洛面带迷人的笑容说出这句话，但立即补充道，"您知道他已经收拾好一切，准备出发了吗？"

莫斯夫人的眼神中现出了惊讶的神情。

"没有，我不知道！"

"就这样！"波洛深思熟虑地说，然后结束了对话。

"所以，我们已经锁定了凶手。"当莫斯夫人从图书馆出来时，他宣布，"尊敬的警官！为最坏的情况做好准备。我们去大厅吧！"

大厅里灯火通明，柔和的光线从水晶吊灯中发出。波洛说："女士们、先生们！这真是一个令人愉快且拥挤的地方。我觉得我不得不向大家解释所有事情。"大家都集中注意力，认真且保持安静地坐着。莫斯夫妇紧挨着坐在皮革扶手椅上的格里芬爵士、维奥拉、霍华德夫人、比亚吉和辛克莱坐在窗子旁边，这四个人都喜欢维奥拉带来的一个可爱的糖果盒里的巧克力片。

"当我还是孩子的时候，"波洛开始说，"我非常喜欢鲜花。没有什么比各种花的香气更令我愉悦了，尽管没有什么能比得上英格兰的香味。女士们，先生们！您知道，在我不大的家乡中，人们可能会遇到各种令人陶醉的花朵。这种香味成了我的困扰。结合我的天赋和经验，正是这种困扰使我破解了秘密谋杀案。"

"抱歉，维奥拉小姐！请保持安静！请不要传纸条！"

大家对这番警告嗤之一笑，波洛继续说，"吉姆·哈洛是一个富有同情心、诚实的年轻人。这里的每个人都喜欢他。但他的注意力仅限于一个人，而且不足为奇，这人真的值得关注。"他向本森小姐鞠了一躬，然后所有人都对她友好微笑。

"老实告诉你，"波洛看着自己的前方说道，"吉姆的死对我来说是一个谜。你猜，当我俯下身子检查尸体时，找到了什么有趣的东西？美丽的棕色头发。据我判断，那是维奥拉小姐的头发。我的朋友克莱夫警官想从这个事实中得出太泛泛的结论，但我阻止了他。那样就太简单了，过于普通。"

此时一阵轻松的叹息声，所有人都把目光转向本森小姐，本森小姐对那个比利时人微笑着，用温柔的声音说："谢谢您为我辩护，先生！"

"我随时准备为您服务，小姐！"波洛眨着眼睛礼貌地回答，"请把巧克力放起来！必须注意腰部！"

他毫不犹豫地继续说："这根头发开始使我感到困惑，对我来说，把它弄清楚比什么都重要。本森小姐身上喷了很多好闻的香水。斯基亚帕雷利！很好！多么好的味道！当我进入这里，进入这个大厅时，我就闻到了这种香味。但是它不是来自本森小姐，而是来自另一个人。这个事让我纳闷。而且，可怜的吉姆·哈洛的衬衫散发的香味又是另外一种。这是亚斯明·亚德利的香味。谁能很好地区分开这些香味，谁知道，亚斯明·亚德利是什么，斯基亚帕雷利是什么。但是确实，斯基亚帕雷利弥漫在这里，离我很近。"这时，坐在窗户旁的人发出一声叹息。

"发生了什么事？"莫斯先生问。

"小事！"波洛说道，并带着极具恶意的冷静，"先生，过一会你就会听见，不要说话，就会听见凶手的大喊！"大家脸色变得苍白，莫斯先生抽起了雪茄。

"年轻漂亮的女子爱上英俊潇洒的男子。"波洛继续说，克莱夫从他的语气中感受到冰冷的残忍，"在这个公寓里他们经历了一场浪漫。但是，这也应该结束了。青年男子已经有足够的爱，那么他决定说出这个事并且离去。他没有隐瞒这个计划，他清楚地对他的爱人说，他要走了。对于这个事实，我们要感谢亲爱的莫斯夫人的细心。"

波洛谨慎地向那位百万富翁的女人鞠躬，接着说道："那个女人决定报仇。自己报仇！亲爱的比亚吉先生！我不建议在这里吃巧克力！"

"是污蔑！"窗户旁边传来尖叫声。本森小姐脸色苍白，双眼凝视着波洛，直直地站立在绯红的帘子前。

"是真的！"波洛平静地回答，"的确，您想杀害比亚吉先生，并且即使在此刻也想这样做。警官！拿走这些巧克力，好好保存起来，拿去化验。我可以保证这些为比亚吉先生准备的巧克力是用氰化物代替了开心果制成的。"

"但这太可怕了！"霍华德夫人大叫，扔下了她刚想放入嘴中的巧克力。

"你是魔鬼！"维奥拉·本森喊叫起来，并在最后时刻吞下用蓝色纸张包裹的小巧克力，她倒在了地板上。一眼就足以看出维奥拉·本森并没有死。她漂亮的红头发散落在地板上。

"但是，先生您是怎么想到的？"阿奇博尔德·莫斯问，并抖了抖雪茄灰。

"很简单，"波洛回答道，"小姐的香味向我表明，要将他们俩联系在一起：比亚吉先生和这个死去的女人。莫斯夫人早些时候就说出了他们之间的关系。我早就知道吉姆是意外被害。我感觉亚斯明·亚德利的香味令我百思不得其解。克莱夫警官在不知不觉中将我引向正确的方向。他说了玫瑰，它们都很类似。"

"那个东西提醒了我，玫瑰香味。但是，例如，衬衫不能相似吗？不要这样看着我，莫斯先生。有这样的奇迹！吉姆在关键时刻走过大厅穿的衬衫是很奇怪的。橙色中带有绿色的虚线，这种衬衫很少见，这件衬衫不符合我对吉姆的想象。亚斯明·亚德利的香味也是如此，出现得有点不自然。维奥拉·本森没有理由杀死吉姆·哈洛，但在他的身上，我发现了她的头发。当我查看比亚吉先生的房间时，我在那里找到了一件相同的衬衫。"

"橙绿色的条纹。这时一切都变得清楚了。维奥拉·本森在十一点十五分的时候在大厅与比亚吉碰面。她诱使他在那里完全是为了给某个人的死报仇。碰巧的是吉姆那时穿着相同的衣服在那儿，而比亚吉晚一些才到。"

"请注意！窗帘已被移动了，视线不清了。吉姆和比亚吉的身材相似。身高、身材，甚至头发的颜色都差不多。维奥拉拿着匕首准时进入大厅。当她看到不忠的情夫时，她想对他说些什么，但是这时她听到了露台上的脚步声，发现比亚吉正在走近，所以她放弃了和他对话。轻轻一推，她便将匕首扎进了这个爱她的年轻人的心脏，她从内心深处鄙视这个年轻人。然后她跑了出去，比亚吉进来了。他看到了尸体，惊慌失措。是的，比亚吉先生，这个年轻人替你丢了命。你应该感谢他！"

比亚吉眼含泪水说："他是一个非常具有同情心的人。"

"他的高尔夫球打得非常好！"格里芬爵士补充道。

这些质朴、真挚、富有人性的话语缓解了紧张的气氛。莫斯太太对丈夫婉转地说："我担心我的珠宝。"也许你会在我们位于哥伦布的家中聘请波洛先生为私人警察。

波洛听到这些话与克莱夫交换了颇有玩味的目光。

"我的警官，"他高兴地说，"我们跑吧！因为有人要带我们漂洋过海。"大家都大笑起来。过了一会儿，大厅就没有人了。只有甲说死了、乙说没死的"女尸"躺在那里。

克莱夫警官睁开了眼睛。他的头很痛，他把头靠在硬邦邦的扶手椅上。众所周知，靠着扶手椅睡觉绝对不是个舒服的姿势。他手里拿着厚重的银表，上面显示已经五点了。睡到五点让这个老实的警官十分惊讶。他准确地记得，正好五点的时候，办公桌上的电话响了，一个秘密的声音对他说，在"贵马之下"宾馆发生了一起谋杀案。

太可怕了！克莱夫心想。他环顾四周，突然，他的心情就变好了。实际上，他只是在他心爱的、安静的滨河派出所中小睡了一会儿。

我有点累了。他想。挂钟响了五下，我们这位富有同情心的警察受到了残酷的折磨，最终他能够抹去梦里不愉快的记忆，只是因为工作职责和他对犯罪传奇故事的喜爱。

"愚蠢的事情。"他漫不经心地笑着嘀咕。但另一方面，他讽刺和失望地对自己说："我醒得有点早。有趣的是，菲洛·万斯或马洛夫会如何评价这个案件呢？嘿，嘿！这可能会使我成为罪犯。他们的确不喜欢警察。还是马普尔小姐？哦，她是个危险的女人。那菲利普·柯林呢？这可能是看起来最巧妙的。假钞或假发！犯罪故事作者的创造力是无限的……而在生活中，这一切要简单得多。幸运的是！亲爱的警官，让我们回到被盗的羊的案件上来吧！"

他笑着又看了一眼表，五点过五分了。

这时电话突然响了。克莱夫拿起电话话筒，百无聊赖地说：

"这里是滨河派出所，我是克莱夫警官！"

在电话线的另一边，传来了一个奇怪而熟悉的声音。克莱夫警官无法将这种声音与任何认识的人联系起来，但那人绝不是一个陌生人。那人说："我想告诉您，在"贵马之下"宾馆发生了谋杀案！"

作者：安德烈·什奇皮尔斯基（Andrzej Szczypiorski），世译：瓦列里·维科（Walery Wiecko），汉译：李晓霞、杜军凤等

•好太太

在泥瓦匠的妻子简·诺娃的带领下，小家伙走进了伊夫利诺·克尔奇卡太太漂亮的客厅。因受到惊吓或者是欣喜若狂，她在光滑的木地板上小步子跑起来。她的珊瑚般的嘴唇颤抖地抽泣着，出于惊讶和好奇，那双大大的蓝宝石色的瞳孔不停地闪烁着，光亮浓密的暗金色头发盘旋在漂亮精致的前额。这是一位非常漂亮的五岁小女孩。在带领她的体型高大而强壮的女人旁边，穿着拖地长印花棉布裙的她看起来像只张开翅膀的白蝴蝶。越过门槛走了几步，她惊恐得发抖并开始张嘴大喊起来，兴奋大于惊恐：她的手硬是从简·诺娃粗壮的手中挣脱出来，她坐在木地板上，开始笑着喊着："小狗，小狗！"初次见面的陌生感获得了彼此友好的对待。那只小长毛狗以锐利、刺耳的吠声扑向来者，停在了坐在地板上的孩子面前，开始用一双黑得发亮、机灵的眼睛看着她。那小孩沉醉于小狗洁白而长长的毛发和小红爪上。同时，在彼此相识的小狗和小孩旁边，还站着一位大约四十岁的、棕色皮肤、身材高大、穿着黑衣服的半老徐娘。泥瓦匠的妻子俯身在半老徐娘白皙的手上吻了吻。

简·诺娃喊："赫尔卡！你为什么不向太太行吻手礼！看她，正和狗一起玩！"她想太太不会生气吧！她还是那么蠢！

而伊夫利诺太太完全没有生气的迹象。相反，简·诺娃用自己厚实的手把孩子举向伊夫利诺太太时，她充满热情和激动的黑眼睛惊奇地注视着孩子的脸。赫尔卡蓝宝石色的瞳孔中已饱含泪水，双手紧紧抓住简·诺娃的裙子。

"我们为您的孩子竭尽所能，太太，但是可以理解，她与穷人生活在一起，没有学习过礼节……只是到现在，上帝才把这个孤儿赐给您。"

"孤儿！"伊夫利诺太太激动地重复了一遍，向孩子弯下腰，大概是想把她抱在怀里，但是她突然站了回去。她的脸上显露了同情的神色。

"太糟糕了！她怎么穿的衣服！"她开始喊道，"裙子长得都拖地了……"

她冷笑了起来。

"多肥的衬衫啊！多厚的头发啊！……她拥有非常厚的头发，但是有人给这孩子梳头编辫子吗？……那么大的鞋子，也没穿袜子……"

她挺直身子，用手指触摸胸前的银铃，赫尔卡发出细长的笑声，简·诺娃睁大了双眼。

"切尔尼卡小姐！"她冲着出现在门口的仆人简短地说道。

过了一会儿，一个穿着紧实，又高又瘦，脸色暗黄衰老，有着乌黑头发，头发还被乌龟状梳子束在脑后的三十岁的女人快步走进来。在门口时，她那双有活力的眼睛便向泥瓦匠的妻子和她带来的孩子投去了阴沉的目光，但是当她走近太太时，她的目光晴朗了，在薄而干的嘴唇上出现了谦卑和讨人喜欢的微笑。伊夫利诺太太兴奋地转向她。

"我亲爱的切尔尼卡，这是我昨天跟你提到的那个孩子。看！多么精巧细致的脸型、多么灵动漂亮的眼睛、多么浓厚结实的头发……如果她再胖一点儿，再加上红扑扑的脸蛋，人们就能把她介绍给某个新的拉斐尔去做一个小天使的模特了……另外，她还是个孤儿！……你知道我是怎么在一些好心人的家里找到她的，在那样令人讨厌的住所……又潮湿又昏暗……她就像垃圾堆里的珍珠一般在我眼前闪过……上帝把她送给了我……但是，亲爱的切尔尼卡，得有人给她梳洗、换装……请你，一两个小时后，不用太晚，这个孩子一定会焕然一新……"

切尔尼卡微笑着，那种阴森的寒气已经包围了她！她已经快要僵硬……切尔尼卡只是迅速地清理并打扮着这个小天使……

伊夫利诺太太的沉思被爬到她膝盖上的两只小脚给打断了，小脚缠进了太太衣服的花边里，锋利的爪子伸到了太太的手上。被弄醒后，太太抖了抖，用生气的手势推开蛮横的小狗。小狗把她的怒气当成玩笑。长时间以来，它一直备受宠爱，很容易就能感受到这种"不友好"。它开心地叫唤着，再次用有力的爪子撕扯着花边，抓挠起太太锦缎般的手，但是这次太太从沙发上跳起来并喊道：

"切尔尼卡小姐！"她对女佣人喊道。

切尔尼卡喘着粗气、脸颊泛红，挽着袖口跑进来。

"我亲爱的切尔尼卡！请你抱走艾尔佛，它总是在衣帽间找你。它撕坏了我的花边，还总是让我讨厌……"

女佣人俯身抱狗时，她薄薄的嘴唇上流露出奇怪的微笑。微笑里面有些讽刺，还有点伤心。艾尔佛开始小声叫起来，跑了回去，想躲开正在太太膝盖上抓它的那个女人的瘦骨嶙峋的双手。而伊夫利诺太太轻轻地就推开它，女佣人用力地抓住了它，以

致它开始叫唤。切尔尼卡扫了一眼太太的脸。

"艾尔佛已经受不了了……"她声音颤抖地嘀咕道。

"受不了了！"伊夫利诺太太重复着并且用不满的手势补充道："我真是不明白，我怎么会爱上这种无聊的动物……"

"它以前可完全不是这样！"

"切尔尼卡，它完全不一样了，对吧？它以前很漂亮。现在……"

"现在它变得让人讨厌了……"

"太让人讨厌了……把它带到衣帽间，不要让它再出现在这个房间里……"

当她再次喊叫时，切尔尼卡已经到门口了。

"亲爱的切尔尼卡！"她不紧不慢地微笑着转过身来，"我们的女孩呢？"

"太太，一切都会按照您的吩咐进行。浴室里的洗浴用品已经准备好了，本小姐一会就给赫尔卡洗澡。"

"小姐！"好像伊夫利诺太太不情愿地打断。

"小姐……我用柜子里蓝色的开司米剪裁了一件衣服……"

"我知道，我知道……"

"卡其米尔跑到鞋店里，我派简·诺娃去亚麻品商店……我的意思是这段时间我至少能缝制一半。太太，我只是想问您要些花边、绸带和置办所有物品的钱。"

花边、绸带、网纱、薄纱、开司米、缎子都在柜子和五斗橱里，伊夫利诺太太宽敞且精美的别墅的一些房间里都有。切尔尼卡在橱柜和抽屉里找了很长时间，她一刻不停地把大额的钞票拿在手里。切尔尼卡在衣帽间听到有人来买东西并大声吵闹的讨价还价的声音，从柜子和五斗橱里取走的大部分物品以及部分钞票就放进了她那又大又深的行李箱中，这些都成了女佣人的个人财产。最后，她从容地离开。显然她对这个孤儿的到来给她带来的好处表示十分满意，很快就开始设计缝制衣服，并用别针固定准备好。第二天，裁缝、鞋匠和缝纫工才开始为小女孩做衣服和鞋子。在此期间，女孩已经梳洗完毕，但仍穿着肥大的衬衫，光着脚坐在切尔尼卡房间的地板上。在和艾尔佛一起玩耍时，她似乎忘记了整个世界。

伊夫利诺太太也忘记了整个世界，陷入深思。现在没有什么可以打断她的沉思。由镜子、画和大红绸缎所装饰的通体透亮的大厅里一片寂静。通过半开的门帘，可以看到一些或大或小的房间也沉浸在黑暗之中。夏日的霞光穿过垂下桌布的缝隙斜射在墙上、地毯和镀金画框上；从外面飘来了玫瑰花香和鸟鸣；再往里更深的地方，餐厅里，传来盘子发出的清脆的响声。

伊夫利诺太太陷入了对自己不幸生活的沉思。她完全没有夸张，仔细想想，她确实是不幸的。事实上，她守寡多年，没有孩子，拥有一颗炽热而孤独的心，她甚至没有那么多钱让她生活在给她带来最大吸引力、却悲伤和无奈的地方。她拥有的财产确实很多，但是涉及花钱的事总会束缚她，让她变得丑陋、烦恼、让人讨厌，没有时间去昂格罗德消遣。

尤其是现在，她在昂格罗德附近拥有一处漂亮而辽阔的庄园，可现在发生了不寻常的事情。有一些合同要履行，有一些债务要偿还，还有一些管理所需要的不可避免的支出。所有这些都使伊夫利诺太太失去了出国旅行或至少可以住在这个国家最大城市的机会。她在这里度过了不幸而又艰难的两年。她对附近小镇平淡无奇的一切景象、对所有的人都感到陌生，渴望获得追求高雅艺术的享受，这是她迄今为止的最大追求，而在这里这些享受当然被完全剥夺了。她以隐居者的身份生活在这里，她和她的画、三角钢琴，与切尔尼卡和艾尔佛一起被关在别墅里。

她内心并没有完全平静。过去她没有做过任何行善之事，也经常因为这事而严厉地责备过自己。做好事是她的愿望，做好事使她心中的热情得到满足，也曾多次给予她精神上的享受，她体会了从未有过的幸福。在这里，她甚至都不知道如何做才能满足她崇高内心的最深层次的需求。没错，她不时地向其他人慷慨解囊，但这并不能弥补过去的遗憾，也无法满足她的内心。她习惯在有学识的牧师长老的指导下，踊跃参加大城市的行善活动，这些长老将施善者带到高层住宅的阁楼，进入地下的黑暗住所、避难所和收容所，去看带有银盘的桌子，去教堂入口的人群中，等等。

缺少做善事的方式方法使她十分烦恼，似乎她又往杯子里倒了一滴苦酒。突然在昂格罗德，有人建立了一个所谓的妇女慈善团体。伊夫利诺太太作为城市里最富有的居民应邀参加了这个社团的活动。那是她两年来遇到的第一件令她快乐的事。她能做好事了！她内心深处的力量帮她找回她所失去的东西！看到那些人的痛苦，她的眼睛又像以前那样流下怜悯和心碎的眼泪！她的耳朵会从那些人口中的感恩和祝福之词中得到抚慰，她的出现也犹如天使一般给予他们帮助和安慰！她立即响应号召。人们带她去找城市里的贫民区。

她找啊找，来到了一个她以前来过的泥瓦匠家居住的房子并看到了赫尔卡。这个孩子生动地向她介绍了自己。她似乎在和狗或猫一起玩耍，或者坐在房子的门槛前，在阳光下为它们整理毛发；也许是由于马车、马匹和一位漂亮优雅女士的出

现，她感到惊讶并发呆地站在门口，目不转睛地看着她，在她的瞳孔中是意大利天空一样的蔚蓝。

总之，在她看来，这个女孩是那么与众不同而且漂亮。她亲了一口孩子的脸，尽管她脸上还有刚刚喝过肥猪肉汤的残渣。如此，她的心开始更热烈地跳动起来，听到简·诺娃所说的"孤儿"这个词，她的眼中流出了同情和难过的泪水。她想要这个孩子，充满着犹如火山般热情的精神力量，她想把这个女孩据为己有，让自己不再孤独，以前的她就像在大风中的海面上飘忽不定的孤船一样……

她毫不费力地永远地得到了这个女孩。现在，她充满渴望的心平静下来，行善积德，她的心得到了满足。但是，漂亮的孩子在哪里呢？上帝的使者，能让我心情平静的天使在哪里？"为什么切尔尼卡还没有把她带来？可怜的姑娘！她可能还没穿衣服！但是她肯定已经洗过澡了。我们去切尔尼卡的房间抱抱亲亲那个孩子，安抚安抚她的心……"

她跳下沙发，走过客厅，双手合十于胸前，跑到过道中间，停住了脚步。切尔尼卡拉着赫尔卡的手出现在对面的门前，但是她变了！多大的变化呀！带着翅膀的白色蝴蝶变成了一只闪耀的蜂鸟，红色的绸带像是羽毛或翅膀，装扮着蓝色的衣裳。白色花边的短袜子包裹着她圆圆的小脚，然后消失在小蓝鞋里。梳理好的、喷上香水的火焰般的头发用乌龟扣扎起来。受到惊吓又陶醉在这身华贵的衣服里，沉醉于头发和花边产生的香味中，赫尔卡站在大厅门前，露出令人哭笑不得的鬼脸。

由于害怕弄皱衣服，她瘦小的双臂张开在空中；她那胆怯和泪汪汪的目光看着华丽的鞋子，然后又回到伊夫利诺太太的脸上。伊夫利诺太太跳到孩子身边拥抱她，热情地亲吻她。然后把她带进餐厅，伊夫利诺太太和赫尔卡坐在摆满精美瓷器和美食的桌子旁。半小时后，切尔尼卡也来到餐厅，发现赫尔卡坐在新监护人的膝盖上，并且已经完全与她亲近了。伊夫利诺太太极度的善良和热情的心给孩子的心里迅速注入了勇气和信心。她的脸颊油光发亮，但这次可不是肥猪肉汤所为，而是有着蜜饯的糕点弄的，她把自己的小手伸向了各种不认识的东西，并询问其名称。

"那是什么，太太，是什么？""杯子。"伊夫利诺太太回答道。

"杯子！"赫尔卡尝试重复着。

"法语是La tasse！"

"La tasse，la tasse！"赫尔卡重复着。

太太和孩子看起来非常幸福。切尔尼卡端着一杯茶，离开了餐厅，以她平常的方式微笑着，有点嘲讽，有点忧郁。

这是赫尔卡在伊夫利诺太太家中的第一天，太太和这个孩子度过了一段相似或也许更快乐的时光，她们玩得很开心。 在夏季的几个月中，从早到晚，穿过避暑别墅周围的美丽花园，几乎都会见到像变色蜂鸟一样的小姑娘。她穿着优雅鞋子的小脚，在开满鲜花的花圃周围的沙质小路上奔跑，她仿佛是一个超自然的天使。孩子的叫声和笑声听起来还很远，直到穿过隔开郊外街道花园的铁栏杆。

伊夫利诺太太坐在宽阔而美丽的阳台上，连着几个小时都忘记了手里拿着的书。她看着机灵、轻盈、优雅的小生物，用耳朵捕捉她喊叫和微笑的每个声音。有一次，孩子从阳台的楼梯上跑下来，开始在花园的小路上追着她。那时她似乎全身心地投入游戏里，人们能够发现这个已经老去的女人还拥有许多力量和青春。 她的脸颊泛红，黑色的眼睛在发光，她的腰部获得了孩童般的优雅和灵活。 追赶以平常的方式结束了，赫尔卡跳到伊夫利诺太太的脖子上。之后她们相互爱抚。她们在花丛中的草地上悠闲地坐着，还用花做了花束和花环。 穿过铁栏杆的时候路人经常停下来，想要穿过小孔看一看美丽的她们。

她变得越来越漂亮了，人们知道女人不是孩子的母亲，她们没有血缘关系，却仍如此亲密。在白雪皑皑的冬日里，她们进入这个城市拥挤的教堂，给人留下了最深刻的印象。几千人的目光投向了被缎子和天鹅绒毛包裹的小家伙和穿着黑貂跟天鹅绒的阔太太。这个孩子现在一直是红扑扑的，微笑着，有人把她比作从雪地里冒出来的玫瑰。但是该怎样去形容那个照顾她的人呢？ 有人说她简直太神圣了！她用如此的关怀和爱意包裹着这个不曾相识的来自底层的孤儿！她用自己的财力关怀他人——确实值得钦佩。事实上，每当伊夫利诺太太宁静而体贴的面孔穿过美丽的圣殿的过道时，每个人都赞叹不已。站在门口的简·诺娃，用手肘的全部力量推开民众，在嘈杂中她不小心跌倒跪下了，然后用节日时穿的土耳其长衣的袖口擦干红扑扑的脸上的泪，尽可能地大声祈祷：

"让永恒的幸福永远地照耀她吧！阿门！"

她们无论昼夜都不曾离开彼此。赫尔卡的胡桃木小床是一件真正的木工杰作，它被安置在伊夫利诺太太的床边。太太亲自给小女孩脱衣服，然后又为她穿上棉麻的睡衣，赫尔卡每天都穿着有刺绣的精致睡衣入睡。真是完美幸福的小家伙！ 伊夫利诺太太在空中高举十字架，当切尔尼卡摊开被子时，太太说道：

"她真漂亮，亲爱的切尔尼卡！"

"像个天使！"女佣人回答。

有一次，还没有睡着的赫尔卡听到了这番谈话，床上的白色绒毛中发出了被大声喊叫打断的笑声：

"太太更漂亮，更漂亮，更漂亮！"

"她在胡说些什么呀？切尔尼卡！"伊夫利诺太太满意地微笑着。

"这孩子多聪明呀！她多么爱你呀！"切尔尼卡惊叹道。

无论白天还是晚上，大厅、花园、卧室几乎都成了赫尔卡学习的场所。伊夫利诺太太教她讲法语，教她优雅地走路，教她优雅的坐姿和用餐的礼节，和她一同为漂亮娃娃装扮，提高搭配颜色的审美能力，以优雅的姿势躺着睡觉，双手合十在祈祷中举目仰天。在游戏和玩笑中，孩子迅速又快乐地增长了学识。在太太身边待了一年之后，赫尔卡已经能流利地用法语交流了，她还能记得许多法语的祈祷词和诗歌。

"多么优美的动作呀！确实，人们可能会以为这个女孩出生在宫殿里！"

"切尔尼卡，她是上帝送给我的礼物！"伊夫利诺太太回答道。

但是，最让伊夫利诺太太欣赏的是她身上与众不同的美感，而且这种美感越来越明显。事实上，赫尔卡更钟情于优雅而美丽的物品，这种钟情几乎等同于痴迷。哪怕是颜色上有一点点不协调，她都能马上察觉到；哪怕地板上有一点的灰尘，也会激起她的厌恶。

她非常重视每件家具的美感。当她累了想休息的时候，她知道如何选择并告诉管家去拿最舒适的家具。有好几次，当有人拿给她不合她心意的鞋子的时候，她都会特别不开心地哭。而伊夫利诺太太看到孩子审美提高非常高兴。

"我的切尔尼卡！"她说，"她爱所有美的事物，对外界的每一次触摸都具有微妙的天性和敏感！上帝啊，如果我能带她一起去意大利！在美丽的意大利的天空下，享受着宜人的气候，观赏着大自然的美景，这个小家伙儿该有多么幸福呀！"

当有一天她发现孩子有一种天分，一种在歌唱上惊人的伟大的天分时，伊夫利诺太太便更加坚定了和赫尔卡一起去意大利的梦想。赫尔卡已经八岁了，并且已经在伊夫利诺太太的家里住了将近三年了。有一次，在一个爽朗的秋日里，赫尔卡独自一人坐在为她铺上好些坐垫的阳台上，装饰着几乎和她自己一样大且穿着更华丽的娃娃时，哼唱了众多法国歌曲中她还记得的那首。渐渐地，那种哼唱变成了真的歌唱。娃娃从她的手中掉落在坐垫上，赫尔卡将目光转向天空，双手合十在胸前，大声唱道：

蝴蝶飞走了。

白玫瑰枯萎了。

啦啦啦啦啦……

她的声音清脆、有力。这个孩子深受人们喜欢和爱护，她以这样一种爱的感觉去唱玫瑰的悲伤故事，毫无疑问会唤起伊夫利诺太太内心的敏感和同情。她高高地挺起了胸膛，深金色的睫毛上泪水闪烁。透过客厅的窗户，伊夫利诺太太默默地看着她，沉溺在赞美之中，从那天起，晚上的时候便开始教她音乐艺术。

每晚，切尔尼卡的小房间里的桌子上都亮有一盏灯，挂钟在嘀答作响，窗帘后面还可以看到一张布置简单的床，这里特别安静。三个女裁缝趴在织物上打着盹儿或者在隔壁房间里特别小声地咕哝着。从房屋的深处，客厅里传来曲调悠长的钢琴声。伊夫利诺太太大声地唱着，有时是银器碰撞的声音；有时传来孩子的笑声，或是像因距离太远使得声音变小但还能被听见的儿歌。

白玫瑰枯萎了。

啦啦啦啦啦……

在明亮的灯光下，女佣人的身形又高又瘦，她穿着紧身衣，用梳子把头发高高地盘起，呈现出暗淡又鲜明的轮廓。艾尔佛躺在她脚下柔软、漂亮的地毯上。狭窄袖口里干燥的手臂和她修长纤细的手一起迅速灵活地移到了铺在自己膝盖上的织物上。她勤快地缝制着衣服，但是每次从客厅传来上课的声音的时候，她摸不着头脑似的将目光转向躺在脚旁的狗，用脚尖轻轻地碰了它一下，像往常一样微笑着说：

"你听见了吗？你还记得吗？你曾经也在那里！"

不久之后，伊夫利诺太太的愿望就实现了——财务状况允许她去国外旅行几个月。她带着赫尔卡，那孩子请求带着艾尔佛一起去。切尔尼卡也和她们同行。

几个月后，一个美丽的夏日，在伊夫利诺太太的避暑别墅，她离开时即将垂死的花又恢复了生机。花园里美丽的紫菀和紫罗兰也都盛开了，客厅里的镜子和锦缎在闪闪发亮。伊夫利诺太太坐在客厅沉思，有点悲伤的同时带有一丝奢望。赫尔卡不在她身边，但是在房屋深处，衣帽间里时不时地传来她欢快的话语和笑声。

坐在衣帽间地板上的切尔尼卡打开行李箱，她从行李箱中取出了数不清的各种各样的物品。站在旁边的泥瓦匠的妻子充满好奇和赞美，一会儿看着小姐，一会儿看着这些新奇的欧洲工艺品。大家都一致断言小姐长大了。事实上，赫尔卡已经到了应有修长的大腿、匀称的身材的年龄。又长又细的腿穿着窄窄的长靴，使她看起来有点俗

气。她标准的椭圆形脸由于消瘦而变了形。可能是因为长途旅行，裸露的手臂显得瘦长和绯红。从一个孩子开始转变成一个成熟女孩，所有特征都预示着未来她会是一位美丽小姐。

泥瓦匠的妻子欣赏着她从两个行李箱中拿出来的东西。她坐在地板上，向她展示着东西并进行了解释。

"第二顶帽子……"她惊呼，"第三顶……第四顶……天呐！赫尔卡，你到底有多少顶帽子啊？"

"这么多，阿姨！"赫尔卡解释说，"每一套衣服都得搭配合适的帽子……"

"那个箱子？"

"那是旅行箱。"

"它是用来做什么的？"

"啥？做什么？"

"你看，阿姨，这里有不同的格子，格子里有……这是梳子、肥皂、刷子、各种别针、香水……"

"天啊！这些都是你的吗？"

"是我的。太太有个大箱子，而我是个小的。"

随即，切尔尼卡从行李中拿出不同尺寸的洋娃娃和其他不同的儿童玩具。有栩栩如生的小鸟、奇形怪状的小动物、金银容器等。简·诺娃张大了嘴，同时眼睛上也蒙上了一层雾。

"上帝啊！"她带着思念低语，"如果我的孩子们能看到这一切……"

赫尔卡看着她，沉思了一会儿，随后便热情地把一些东西送给了简·诺娃。

"拿着吧！阿姨，这个猫头鹰是给玛丽卡的，这个小鱼是给卡西亚的，这个口琴是给维塞克的，只需要吹吹它，就会发出非常优美的声音……拿着吧！阿姨，收下吧！太太不会生气的，她是那么爱我……"

"把这块红布带给玛丽卡，蓝色的带给卡西亚……我有很多这样的布，很多很多……"

简·诺娃眼睛里充满了泪水，想用她有力的手臂抓住这个亲戚，但又害怕弄皱她那件做工复杂的花衣服，她用胖胖的手抚摸着孩子丝绸般的脸蛋。然而，她果断地拒绝接受这些礼物，她从地板上站了起来，说：

"你是个好孩子！虽然你是一个了不起的女孩，但你没有忘记那些曾经照顾你的穷亲戚们。"

当简·诺娃说这些话时，切尔尼卡才从箱子上方直起腰，迅速说：

"我的简·诺娃女士！谁知道，她将来是什么样的？"

简·诺娃没有回答，因为她哭笑不得地看着赫尔卡，赫尔卡像一只快乐而调皮的母猫在她的长腿上跳着，笑着，环绕着她。

"这是给玛丽卡的，这是给卡西亚的……这个是……阿姨，这个是给叔叔的……"突然，她悲伤地颤抖起来。

"这里太冷了！"她不高兴地说，"意大利更美，更舒服……那里的阳光好……天气好……橙色森林漂亮极了……我们不会在那里待太久……因为那里很热，我们才回来的。"

切尔尼卡想给她穿一件暖和的小外套，但是赫尔卡却把它从切尔尼长手里扯了下来。

"哦！"她喊道，"我已经很长时间没见太太了，我要去找太太了！阿姨，再见！"

她用手向简·诺娃抛了一个飞吻，唱着跳着跑开了。

"我要去我亲爱的、珍爱的、最爱的太太那里……"

"她多么爱她的恩人啊！"简·诺娃转向切尔尼卡说道。

那天晚上，伊夫利诺太太穿着白色的睡衣，坐在衣帽间前，悲伤中却又带着奢望。赫尔卡躺在那个毛茸茸的大床上，睡着了，两根长蜡烛在燃烧。切尔尼卡站在伊夫利诺太太的椅子后面，给她梳着乌黑的长发。沉默片刻之后，伊夫利诺太太转向女佣人：

"我的切尔尼卡，你知道吗？我很尴尬……"

"怎么了？什么事？"女佣人用充满爱意和关心的语气问。

犹豫了一会儿，伊夫利诺太太小声回答：

"赫尔卡！"

她们沉默了很长时间。切尔尼卡慢慢地轻轻地用梳子梳着她那乌黑如丝绸般顺滑的头发。她的脸像蒙上了一层神秘的面纱。

"小姐……正在成长。"

"我的切尔尼卡，她长大了，她应该关心自己的学业了。我不想让女老师到家里来，因为我不喜欢家里有陌生人……我不知道该怎么办……"

切尔尼卡再次沉默了片刻。然后带着怀念的口吻说：

"真可惜，小姐不再是那个向我们走来的小孩子了……"

伊夫利诺太太也叹了口气。

"没错，我的切尔尼卡，只有这样的孩子才是可爱的，能给我们带来纯真的感觉。赫尔卡离开了最快乐的童年时代。她必须接受教育、教导。"

"是的，我注意到了，太太，有一段时间您不得不经常训导小姐……"

"是的，她的性格变化很大。她变得喜怒无常……她开始因为一些微不足道的小事跟我生气……"

"你让小姐习惯了你对她的无微不至。"

"是的。我太纵容她了，她小的时候是那么优雅、友善，但是我不能像小时候那样溺爱她了。"

"很难满足小姐……她今天对我发了很大的火，因为梳头发时我有点用力地拉了一下她的卷发……"

"真的吗？她生你的气了吗？我记得，以前，每当你给她梳头时，她都会发出嘶嘶的声音，并跳到椅子上。在她小的时候这是很有趣的，并给她增添了几分小女孩的可爱。但是现在，这是令她难以忍受的。我希望我错了，但是我觉得她……可能会生气……"

"太太，小姐已经习惯了您的无微不至。"

她们沉默了。晚上梳完头，切尔尼卡把脸靠在太太的头上，然后给她戴了一个轻便的睡帽，低声犹豫着说：

"太太，近几日您可能会有一位客人……"

"客人？什么样的客人，我的切尔尼卡，是谁？"

"或许是一位绅士，您在佛罗伦萨听过他的音乐会，在那之后的几个晚上，您与他的合奏是那么美妙……"

"伊夫利诺太太的脸上出现了两团红晕，长途旅行让她像傍晚时分枯萎的花。"

"切尔尼卡，他出色的演奏是不是真的？他是一位伟大的艺术家！"

她的声音越来越大，毫无光彩的眼睛顿时熠熠生辉。

"他很酷！"切尔尼卡低声说。

"是真的吗？哦，意大利人，他像梦一样美好……"

她慢慢地从洗漱间走到床前，当她脱衣服的时候，切尔尼卡为她铺好被子，铺开毯子，然后她用梦幻般的声音说：

"我的切尔尼卡，我请求你，请确保房子里的一切都井井有条……把客厅打扫得干干净净……你知道该怎么做……因为你擅长很多事，也很熟练……或许到时候有人会来找我们。"

在接下来的几个晚上，伊夫利诺太太和切尔尼卡在洗漱间进行了几次简短的交流。

"切尔尼卡，你有没有注意到赫尔卡变丑了？"

"在我看来，小姐不像之前那么好看了……"

"她变得庸俗了……我不知道她的腿怎么这么长……她的下巴也奇怪地变长了……"

"但是小姐还是很漂亮……"

"她不像几年前那样漂亮了……我的天啊！时光流逝，带走了我们大家的希望……"

但是在第二天，她的脸上就呈现了美好的希望。桌子上放着一封散发着香味的来自意大利的信。

"我的切尔尼卡，我们将有客人到来……"

"愿上帝保佑！太太，这会让您更开心。从国外回来您一直都闷闷不乐……"

"哦，我的切尔尼卡，我怎么快乐得起来呢！世界真是太可悲了！那些理想主义者、完美主义者必将会失望……"

沉默了一会儿后她接着说：

"赫尔卡就是个例子……她曾经是多么美丽、可爱、有趣的孩子……但是现在……"

"自我们从国外回来后，小姐总是很烦或者不开心，我不知道为什么……"

"不开心？她怎么不开心了？她对我发火，因为我不像以前那样关心她……天啊，我的一生只能照顾这个孩子吗？"

"您已经习惯了，太太！小姐也习惯了您的无微不至。"切尔尼卡重复道。

确实，赫尔卡很不高兴，但与此同时她也在不断生气。在优越的环境里被抚养、被宠爱的她在这种不满情绪的影响下，变得精神失常，原因和本质她不清楚，但是每一分钟都在不断刺激她哭泣或愤怒。在梳头、穿衣服时，她发疯般的哭闹，似乎对女佣人切尔尼卡要拳打脚踢。当伊夫利诺太太用沉默或只言片语应付她的问话，或太太

把自己锁在卧室里时，这个孩子就长时间坐在客厅一个角落的矮凳上，满脸灰尘地哭着自言自语。之后，她红肿的眼睛使伊夫利诺太太确信赫尔卡是一个爱生气、丑陋的女孩。有一次，这个孩子产生了一个念头，故意挑逗这个冷漠的监护人：谁知道用哪种方式会成功地将太太的注意力转到自己身上。伊夫利诺太太目不转睛地看着书，陷入了沉思，赫尔卡迈着猫步，斜视着她，偷偷地走到钢琴前，用双手全力敲击键盘。以前，伊夫利诺太太会快活地发出笑声并给这个孩子一个吻。但是现在赫尔卡没有那么可爱了，伊夫利诺太太经常陷入悲伤和回想之中。现在，在这种情况下，她跳了起来，跑向这个孩子，并严厉地惩罚了她，甚至用手轻轻地打了她。然后，赫尔卡一边哭泣一边颤抖，跪在她面前，亲吻着她的膝盖和脚，不断喃喃自语：

"我亲爱的，"她说，"我珍爱的……我最亲爱的……我请求……我请求……"她抬起眼睛，双手合十，沉默地跪着。她感到深深的痛苦，她想请求什么，但是请求什么，怎么请求，她不知道。

这天，门口的一个侍者报告了一位意大利客人的到来。激动而又高兴的伊夫利诺太太，挺直了腰，迅速跑向这位潇洒的、优雅的、正在进入客厅的意大利艺术家。当她向他打招呼时，脸上的笑容和红晕使她看起来像一朵盛开的玫瑰。

这次拜访，他们谈了很长时间，直至深夜。女主人和客人以极大的热情讲着意大利语，彼此取悦着对方。大提琴很快被拿来了，坐在钢琴旁的伊夫利诺太太给这位著名的艺术家伴奏。在停顿休息期间，他们开始更频繁地小声交流——或许他们想交流一些私密之事，因为他们的头已经靠在了一起，意大利人伸出手握住女人放在琴键上白皙的手指，但与此同时，伊夫利诺太太把手拿开，她的眉头一蹙，然后又舒展开，表示她的不爽，她不耐烦地咬着嘴唇，开始大声地谈论起音乐。她的面部表情出现了变化，只因她的眼睛与一双像意大利的天空一般湛蓝的孩子的火热的双眼对视。赫尔卡默默地注视着她，像一只受伤的小鸟。她坐在钢琴影子下的矮凳上，把她的监护人当作彩虹。在这种专一的目光里，人们可以从中读到抱怨、恐惧和恳求……在接下来的几天里，女主人和客人无法私密交流；他们就去小路上散步、交谈，因为赫尔卡几乎不离开客厅，她都明白，即使她不会说意大利语。

几天后，伊夫利诺太太坐在沙发上等待着她亲爱的客人，她用手扶着头，陷入了渴望而甜蜜的思念中。她在想什么？可能是上帝以其无限的善良在她生命的黑暗和寒冷的道路上为她送来了温暖和明亮的阳光。这阳光对她来说就是在广阔的世界中遇到一位富有才华而又英俊的男人，现在他成为她心灵的挚爱。哦！他将在她的生命中扮演多么重要的角色！她感觉到心潮澎湃，热血沸腾。这个世界对她来说是空虚和无聊的，她感到如此孤独，对一切都失去了幻想。天意再次证明，即使在最深的苦难中，一个人也不应失去坚守的信心……

伊夫利诺太太的沉思被一双企图搂住她脖子的小手打断了，小手像雪花一样落在睡衣的黑色丝带上。她醒了，摇了摇头，控制着自己的烦躁的情绪，轻轻地把赫尔卡推开。她把自己的烦恼理解为一个笑话，她被宠爱得太久了。她小声笑了起来，默默地摸着想要拥抱太太脖子的手。但是这一次，伊夫利诺太太从沙发上叫着跳了起来：

"切尔尼卡小姐！"切尔尼卡手里拿着一段丝绸，脖子上挂着线团，上衣上别着很多针，红着脸快速跑进来。一个多星期以来，她一直在衣帽间里缝制衣服。

"我的切尔尼卡，当我有客人时，把赫尔卡带到你那里。她妨碍我与客人交谈……她令我讨厌……"

"小姐这样做很不礼貌！"女佣人说着这些话，然后低头看着孩子，她的嘴唇上露出了她一贯的笑容，但是带了点不满和悲伤。不知道是因为大笑还是愤怒，她的胸部在黑色狭窄的内衣的覆盖下而震颤。赫尔卡小脸苍白，紧握着手，像个圆柱子一样一动不动地站着，然后，她凝视着太太的脸。

"小姐变了……"她慢慢地说。

"变了……"伊夫利诺太太一边重复一边念叨着，还打出她表示最不满意的手势，"我不知道怎么能爱上这么令人讨厌的孩子！"

"哦！这是另一回事！"

"不是吗？亲爱的切尔尼卡，另一回事……她之前挺漂亮的……但是现在……"

"现在她变得有点令人讨厌啦……"

"非常令人讨厌……你带着她，让她和你一起……"

切尔尼卡把像石头一样僵硬的赫尔卡似白色亚麻布一样领走了。但是在门槛上的切尔尼卡仍然听到了：

"亲爱的切尔尼卡！"

她迈着小心的步子，带着奉承的微笑返回去。

"我的真丝连衣裙怎么办？我请你能够安排好餐桌……别忘记甜点……你知道，意大利人除了水果和冰激凌之外几乎什么都不吃……"

"太太，一切都按您的要求来，我需要存放花边布料抽屉的钥匙和购置这一切所需要的钱……"

切尔尼卡的房间里一片寂静。挂在大旅行箱上方的时钟在半夜响起。靠近窗帘，女佣人的床被挡住了，在墙的旁边有一张小孩的床，用胡桃木雕刻而成，上边还有一床雪白的被子。缝纫机旁的桌子上有一盏灯，在灯的照耀下，能清楚地看到一个努力工作的女人的黑色的身影。赫尔卡坐在旁边的矮凳上，看着睡着了的艾尔佛。切尔尼卡小心翼翼地用黑色的丝线缝合着帽子上的装饰，但是从房屋的客厅深处，她听到了钢琴和大提琴发出的幽幽的声音，她以忧郁的目光看着赫尔卡的头，弯下腰用手爱抚着她，说："你听见了吗？你还记得吗？你也曾在那里弹琴。"

孩子抬起了苍白了好几天的脸，默默地看自己身边的这个老伙伴，陷入沉思，好像和她一起成长了。

"你为什么瞪大眼睛看着我？你在好奇什么？去睡觉吧……你不愿意？你在想太太会叫你？不会那么快的。我有点同情你。你愿意吗？我给你讲一个美丽而漫长的故事吧……"

赫尔卡跳到了椅子上，艾尔佛也醒了。故事！她经常听伊夫利诺太太给她讲故事。

"安静，精灵！安静！但是别睡觉！听！这是个美丽而漫长的故事。"

切尔尼卡把第十个缝制好的帽子上的装饰花放在桌子上，开始缝制第十一个，然后看到眼下这张开心的笑脸。她的手指有点颤抖，目光变得忧伤。过了一会儿低沉的声音响起，但并没有停止手中的活，她开始讲述：

"在一个贵族居住的地区有一个小姑娘。她和父母、兄弟们以及其他的亲戚住在蓝色的天空下，绿色的草地上，工作确实很辛苦，但是他们很健康、精力充沛、幸福、开朗。她已经15岁了，邻居家的男孩与她定了亲。突然，有一位善良的富太太看上了她。这位太太在周日见过这个年轻的小姑娘，当时她正穿着节日的盛装，带一筐草莓走出森林。太太看见了她，立即爱上了她。为什么？大家都不知道。据说这个小孩有一双美丽的大眼睛，长裙上有一根红色的丝带，她手里拿着一筐草莓很好看。那位善良的太太乘坐一辆漂亮的马车去了小女孩父母的家，把小女孩带走了。太太说：'小女孩将要接受教育，她要向世界推介她，确保她的未来和幸福……未来……幸福！'"

她带着口音，近乎拉长了音节和重音说出最后两个单词，然后把第十一个帽子装饰扔在桌子上，开始组装第十二个。

"然后呢？然后呢？我亲爱的切尔尼卡小姐，然后呢？"坐在矮凳上的女孩子问道。艾尔佛也没有睡觉，趴在小女孩的膝盖上，两只黑色的圆眼睛注视着讲故事的人。

"然后……就是这样。善良的太太整整两年都很爱这个小姑娘。她总是和她在一起，经常亲吻她，教她说法语，教她优雅地走路、说话、吃饭，教她在布上缝制珍珠……然后……"

"接下来呢！接下来是什么？"

"然后她开始不那么爱她了，后来，她偶然间认识了一位伯爵。那个小女孩就变得很无聊……她就走进了衣帽间……幸运的是她有许多的兴趣爱好，善良的太太命令她缝制衣服和完成不同的工作。这个女孩后来成了女佣人。如果没有这位太太极端的好意，女孩将在父母身边长大，拥有自己的房子、丈夫、孩子、健康和红色的脸蛋。但是这位太太确保了她的未来和幸福。十二年来，她整夜为这位善良的太太缝制漂亮的衣服，严厉地训斥她的女佣人们和侍卫们，每天早晨给她穿上长袜和鞋子，每天晚上给她铺漂亮的被子……她只有三十岁，但是看起来却像个老人……瘦了，黑了，她的眼睛开始生病了……她快老了，要记住这件事……她必须记住她年老后的事，因为如果她不记住，今天，明天，当善良的太太想把别人带到衣帽间时，她就不得不回到自己的家，回到她兄弟们那里去，让他人取笑……痛苦！这就是另一个故事的开始！"

桌子上放了大约十二个缝制好的帽子装饰。切尔尼卡拿了一条长长的黑色丝线，然后把它缝在画好的褶皱上。她的手指颤抖得比以前更加厉害了，她快速眨着眼睛，也许是为了掩盖睫毛上的眼泪。她看着赫尔卡大笑了起来。

"啊！"她喊了起来了，"你睁开了眼睛，仿佛要把我吃了。小狗目不转睛地看着我，似乎它能听懂这个故事。因为它只是个故事……我还要继续吗？"

"然后呢？"孩子低声问道。

切尔尼卡以凝重的表情和声音说：

"然后……是伯爵了……""再然后呢？"

"不久之后那位太太航行到巴黎，在某一个城市看到了一只有着鲜红的羽毛、红色鸟嘴的鹦鹉……"

赫尔卡模仿了鹦鹉的动作。

"在维也纳……"她大喊起来，"在花园里有很多的鹦鹉……很漂亮……很漂亮。"

"是的，是的，那只鹦鹉比维也纳的鹦鹉漂亮多了……太太买下了它，很喜欢它。一年多来，她从未离开它。晚上就把笼子从客厅拿到卧室。太太教它说法语，用最美味的糖果喂它，并亲吻它的嘴……"

叠完丝绸，切尔尼卡优雅地把窗帘挂起来，开始无聊地用针刺着宽大丝绸围巾末端的流苏……在针的点击下，布料发出刺耳的声音。时钟在行李箱的上方，一个小时响一次，长达十五分钟的沉默过后，客厅再次传来大提琴和钢琴的声音，仿佛陷入了热情的怀抱中。

"接下来发生了什么？接下来呢？"

她不耐烦地低声埋怨，同时害怕女孩的声音被别人听到。

艾尔佛对这个故事的结局并不好奇，已经在赫尔卡的怀里睡着了。

"接下来……我不记得鹦鹉为什么？怎么变得无聊的……走进了衣帽间，在衣帽间它变得悲伤，不吃东西，生病，直到死亡。但是太太没有哭，因为她有了一条漂亮的狗狗……"

"我知道！我已经知道了！"赫尔卡喊出声来。

"你知道什么？"

"故事的结局。"

"说来听听。"

"这条小狗也走进了衣帽间……"

"之后呢？"

"之后就是小女孩……"

"还有呢？"

"太太爱上了小女孩……"

"然后呢？"切尔尼卡打断了，"她遇到了一位著名的音乐家……"

"小女孩走进衣帽间。"

赫尔卡说的最后几个字几乎让人听不到。

切尔尼卡抬起目光，看见孩子的脸很奇怪。这是一张像画一样漂亮的脸蛋，当时是苍白的，像扁圆形，两行无声的大眼泪流了下来，泪水慢慢地流过她的脸颊，两个蓝宝石般的大眼睛默默地、惊奇地看着她。她听懂了这个故事……但她还是感到惊讶。

切尔尼卡反复眨了眨眼。她站起来，并把孩子从凳上抱起来。

"够了。"她说，"几个故事都结束了，失眠了……你会生病的……快躺到床上去！"

她给孩子脱掉了衣服并让她躺下，孩子没有反对，她安静地睡着了，但是眼泪不停地从眼里流出。然后她抱起躺在凳上的艾尔佛，出于安慰把它放到了毯子上。她俯身靠近孩子，并用干燥的嘴唇亲了亲她的额头。

"怎么办？"她说，"我没有对鹦鹉不好，没有对艾尔佛不好，也不会对你不好……你留在这里，睡吧！"

她用一个漂亮的灯罩轻轻地将床头灯罩上，回到桌子上开始用缝纫机缝合白色的印花布。她干燥而敏捷的手臂迅速按动了按钮，机器的轮子吱吱作响。知道客人离开房间之后，昏昏欲睡的侍者才关上客厅的门。深秋的早晨这时候已经很亮了。伊夫利诺太太卧室里的闹钟响了。切尔尼卡从椅子上跳下来，擦了擦眼睛，整夜的工作令她非常厌倦，她匆匆地跑出了房间。

伊夫利诺太太在著名艺术家离开昂格罗德后不久就离开了这座城市，距那已经过去了半年。一场三月的大雨从灰色的天空突然降下，尽管距离太阳落山还有一个多小时，但在泥瓦匠的低矮的小屋中已经很黑了。

在昏暗而多雨的春日里，几乎紧紧贴在地面的两个小窗户贪婪地照亮着足够宽敞的房间，低矮的横梁和天花板，墙壁上覆盖着已经发黑、变得粗糙的泥灰，铺有黏土的地面，还有一个用来烤面包和做饭的大烤箱，几乎占据了整个房间的四分之一。炉子很大，但在破旧、矮小又薄薄的墙壁之间却积聚了霉味和潮气。除了墙壁外，还有一些黄木头长椅，一个带有神圣图案的小抽屉柜、两张低矮的简易床、一个盛水的桶和一个盛酸白菜的桶。在炉子旁，一扇狭窄的低门通向一个小房间，正是小屋主人的卧室。

现在，泥瓦匠一家聚集在狭窄的房间里坐着吃饭。简是个有着浓密、坚硬直立的头发的强壮男人。刚下班回来，他脱下沾着黏土和石灰的围裙，身穿背心，戴着套袖站在餐桌旁。简·诺娃赤脚穿着一条短裙，毛巾交叉搭在胸前，一头浓密的头发披散在她的背上。她点燃炉子深处的大火，在那里煮面疙瘩汤。几个孩子坐在墙边的床上快乐地聊天。十二岁的男孩，他又高又壮实，一头浓密的头发，像他父亲一样。此外，还有一个八岁和一个十岁的赤脚女孩，她们穿着拖地的长裙，脸红彤彤的。整个房间充满了孩子们的笑声。躺在床上，光着脚调皮的维塞克逗得他们笑，他给他们讲述了他在年初才去上学的那个小学里的冒险经历。房间里似乎除了父母和三个孩子之

外没有任何人。但是，当火光照亮了房间对面的黑暗角落时，又看到一个小人坐在另一张床上。那是一个大约十岁的女孩，火光闪耀的瞬间，看不清楚她的脸和衣服，光线几乎达不到那里。可以看见她盘腿坐在床上，隐藏在最深的角落里，被冻得蜷缩着。在她的旁边，一个很小但漂亮的行李箱上的铜扣闪闪发光。两只白色圆润的小手，时不时从行李箱中拿起各种各样的小物件。从手部动作中，人们可以猜出被冻得蜷缩着的小生物，一直用心地用象牙梳子梳理着自己的头发，闪烁的火焰有时会在头发上散发出金色的光芒。有一次还照在了银框的镜子上。

"妈妈，妈妈！"在床上玩的两个小女孩中较小的那个喊道。赫尔卡又开始打扮起来，她看着镜中的自己……

"今天她已经梳了三次头，洗了两次指甲了。"大女孩鄙视地观察着。

"优雅的女人！娃娃！"男孩补充道，"她能和我们一样在水桶里洗脸吗？她把毛巾泡在水里并拿出来擦脸……我打碎她的镜子，看看，她怎么办！"

他们三个赤着脚，吵闹着扑到昏暗的角落。

"给我镜子！给我！给我！"

两只白似圣饼的小手默默地、毫无反抗地从阴影中伸了出来，把银框镜子交给这几个顽皮的小伙伴。孩子们抓住了镜子，却并不满足于此。他们将那英国产的皮行李箱从床上拉下来，坐在皮箱周围的地上，开始把玩也许看过上百余次的梳子、刷子、空香水瓶与肥皂盒。

这期间，简·诺娃完全没有注意到孩子们的喧闹和笑声，她与丈夫聊她今天的工作，谈起女邻居给她带来的烦恼，说到今天没去上学的懒惰虫维塞克。然后，她把热气腾腾的大盘菜端到桌子上，叫来孩子们来吃晚饭。

不需要一遍一遍地叫他们，维塞克和马里卡一下就跳到父亲旁边的长凳上。他们都把一条胳膊搭在父亲的脖子上，卡斯亚抓住正去切黑面包的母亲的裙子跳到了桌子上。简·诺娃转身向那个角落看去。

"赫尔卡！"她说，"还有你，你为什么不来吃饭？"

赫尔卡从床上滑下来，当她走向餐桌时，奇怪的是，她那矮小的身体散发着光芒，与周围环境形成了鲜明的对比。对她这个年龄来说，她出落得又瘦又高，穿着一件天鹅绒边的蓝缎皮草。那蓝缎依然崭新，闪耀夺目，但曾经雪白的天鹅绒此时却像从灰烬里拿出来一样，失去了光彩。她已经长大了，这件皮草只能够到膝盖。下半身，她的细长腿被袜子半裹着，蹬着一双高筒靴，上面系着一排排闪闪发光的纽扣，透过纽扣能看见她几乎赤裸的双脚。她瘦长的脸庞上有着一双深陷的大眼睛，周围是精心梳理得像火焰一样的头发，头上戴着昂贵的缎带，这一切无疑都是新的。在低矮的黑暗墙壁之间，在穿着厚重衣服的赤脚孩子之间，她的服装，她精致的脸，她的动作和手，使她和背景产生了极大的不和谐感。一会儿，人们只听到勺子敲打盘子的声音和五张嘴巴香喷喷的吃饭声，那里有培根和黑面包。

赫尔卡也在吃饭，但是吃得很慢、很细致并且非常少。好几次她将面包和面块送到嘴里，然后将勺子放在桌上，双手合十在膝盖上，笔直地在椅子上静静地坐着，椅子太高以至于她穿着巴黎靴子的双脚够不着地面。

"你为什么不再吃点？"简·诺娃转头看着她。

"谢谢！我不想吃了。"她在寒冷中颤抖着回答，尽可能地用那又小又短的毛皮遮盖自己。

"这个孩子怎么过的，我真的不知道。"简·诺娃提醒说，"如果每天我不给她煎一块肉，她早就饿死了。她甚至连这块肉都吃不完。"

"哎！"简冷静地说，"总有一天她会习惯的，会习惯的……"

"对她来说这儿总是很冷……我们的孩子只穿着衬衫，光着脚在露台上奔跑，她在有烤箱的房间里，裹着毛皮，仿佛一直在发抖……"

"哎！"简重复说道，"总有一天她会习惯的……"

"一定会！"简·诺娃认同地说，"但是现在不能无情地就这样看着她……我经常、经常把水加热并给她热茶喝。"

"你做得很好。"泥瓦匠认可地说，"有人为她给我们付钱。"

"付钱，是真的，因为她，我们能变得富有，还不够……"

"多余，她会习惯的。"

维塞克和马里卡继续吃着面包和面食。卡斯亚嘲笑他们争东西吃。简用衬衫的袖子擦了擦嘴，开始向儿子询问他在学校的学习和表现。在隔壁的房间里，几个月大的小孩开始啼哭，简·诺娃把盘子、勺子和半片面包拿到了炉子旁，然后又转向了赫尔卡。

"去吧，摇晃摇晃卡齐奥，唱歌给他听，你知道怎么做……"

她小声细语说着，比对自己的孩子声音还要小。

赫尔卡听话并默默地用那轻盈优雅的步伐，完全不像泥瓦匠的孩子们活泼而又有力的脚步，走进那间房子。里面几乎是全黑的，片刻后就传来了微弱的抱怨孩子的声

音和摇篮的声音。除了法国歌曲，她不会其他歌曲，但是这首她记得非常清楚。她会唱法国的歌曲总是让泥瓦匠一家人钦佩不已，可能主要是因为这对他们来说是难以理解的。孩子们现在也都安静了下来。简把胳膊肘放在桌上，简·诺娃在厨房里默默地洗着碗。

在黑暗的房间里，摇篮曲再一次响起，纯净而悲伤的稚嫩声音缓慢地唱着那首她深爱的法国歌曲：

蝴蝶飞了，

白玫瑰枯萎了。

啦啦啦啦啦啦……

简·诺娃走到桌子旁，简抬起了头，他们互相看着对方，摇着头，有些无奈，又有些可悲地微笑着。

简从胸前的口袋里抽出一个已经打开的信封，并把它扔在桌子上。

"看！今天我遇到克里卡女士的佃农。他想到我们家来，但是看见我时，叫住我并交给了我……"

简·诺娃带着深深的明显可以看出的敬意，用自己肥胖的手指从信封中拿出二十五卢布的钞票，是伊夫利诺太太每年支付抚养与教育赫尔卡全部费用的一半。她将支付这些费用，直到她成年。

"但是，"简·诺娃开始说道，"她寄来了……上帝祝福……我想……"

她中断了，因为赫尔卡就站在桌子旁。在她给孩子摇摇篮的黑暗房间里，她看到泥瓦匠给妻子送装了钱的信封，并听到了前监护人的名字。她恢复了以前的活力，她从摇篮旁边简·诺娃的床上跳下来，跳到桌子旁，红红的脸蛋，两眼发光，激动地微笑着，再也不感到寒冷。

"从太太那里，"她喊着，"从太太那里，还是……或者……"

她屏住了呼吸："太太有没有写我的事？"

简和简·诺娃再次互相看着对方，摇了摇头，笑了。

"嗯，你这傻孩子！太太写你的事吗？怎么想的！她给你寄钱来了。你要为此感谢她！"

赫尔卡的脸立刻又变得苍白起来，变得悲伤，并用皮草遮盖自己，离开了炉子。维塞克拿起信封，把信封上的地址读给马里卡听，卡斯亚睡在长凳上，她的头靠在父亲的膝盖上。简从妻子的手中拿出钞票，开始慢慢地说：

"也许……让我们为她节省……为了以后……为了二十五卢布，我们可以养育这个孩子……其余的……攒着吧……"

"其余的攒着！"简·诺娃回答，一边想着，一边把手托在下巴上，"但是，简，别忘了，现在还要给她买衣服……"

"衣服？但是她已经被允许带来了所有衣服……"

"好衣服！适合进宫殿的，但是这里……一切都那么寒酸……我可以洗这件布衣吗？……刚度过一冬，行李箱里只剩下这些破衣了。"

"好吧！那我们就买。但是，夫人，不要为这个孩子浪费钱……让她穿得像我们一样……即使剩下一分钱，也要存起来，为她以后着想。"

"就像我们的孩子一样，你说！但是她是如此的娇弱！如果她赤脚在地板上走一步，马上就会咳嗽。如果一件衬衫，穿了三天，她会哭。我问：'你为什么哭？'她说：'衬衫脏了。'她整天洗脸，像一只猫一样在角落里梳头……"

"她会习惯的。"简一边说着，一边用手指敲打桌子，"她会习惯的。"

泥瓦匠与妻子谈到赫尔卡时，这孩子就站在火炉前，她用她那无神的眼睛看着逐渐熄灭的火焰。显然她正在深思什么。过了一会儿，好像做出了一个坚定的选择。她转过身来，悄悄打开屋门，偷偷地溜了出去……大街上比房子里要明亮得多，但是天已经灰暗下来，三月的雨水造成了冷雾弥漫，带来了刺骨的寒冷。在雾中，在她熟悉的小巷和街道的边缘，赫尔卡迅速跑进路口。过了一会儿，她累得停了下来。她的胸部上下起伏，呼吸急促。穿戴不适的脚也累了，她嘶哑地咳嗽了几下。然而，她继续走呀走，最后终于来到城外郊区的一条路上，伊夫利诺太太的避暑别墅就在这条路头上的光秃秃的树林中。她走近铁栏杆，向花园望去！她向前走着，一直走到大门口。大门口的小门是开着的。在院子的深处，之前门卫的住所的两个窗户里散发着火光，可能是做晚饭的地方。建筑物的另一边，门卫在劈柴。沉闷的斧头声划过雨雾，一条狭窄的水流从侧面的下水管潺潺流到院子里的人行道上。赫尔卡走近小宫殿，通过一条干燥的沙质小路，进入花园里。她停在高阳台的楼梯前，整个夏天，伊夫利诺太太通常坐在那里。现在雨水淋湿了周围的楼梯、阳台和长椅。赫尔卡开始走上台阶。她的巴黎靴下面溅起了雨水。突然，她高兴地大叫起来，伸出充满爱意的双手。那蜷缩地躺在阳台角落处长凳下，像一团浸透在污垢中的丝球，刺耳尖叫着向她跑来。一瞬间它没有认出她，因为她长长的头发，湿湿的，散乱的，几乎完全遮住她的眼睛。但当她对它说话的时候，它就坐在她面前的湿木板上，跳到她的膝盖上，兴奋地叫着，

舔她的手和脸。这个小动物也瘦了，目光呆滞，大概是饿得，脏兮兮的……

"亲爱的艾尔佛！艾尔佛！我亲爱的，我的金毛狗！"

他们互相爱抚，互相亲吻着。

"艾尔佛，太太在哪里？太太在哪里？我们太太不在了，走了，走了！"

她抱着狗站起来，走近阳台，从一扇窗户向下望去。她坐在凳子上，但立刻又站了起来。

"艾尔佛，让我们看看窗外！我们将看到房间里正在发生的事情……可能太太就在那里……或许她还能看到我们呢……"

她跪在长凳上。积存在长凳的水弄湿了她的膝盖，但是她没有注意到。

"看，艾尔佛，看！"

她举起狗，将她的脸、将卷曲着的头发挤到旁边的窗玻璃上。

"你看，艾尔佛……一切都如曾经的一样……大红的窗帘，多么美……还有那面大镜子，太太曾经为我穿衣……在那儿……透过敞开的门，还可以看到餐厅……"

她开始沉默了。她正在用眼睛贪婪地吞食着她在公寓内看到的一切。

"亲爱的艾尔佛，你看到了吗？摇椅……人坐在上面有多舒服呀……有一次我坐在摇椅上摇晃……一个小时……还有我那个大洋娃娃……"

艾尔佛对这种不舒服的姿势感到不耐烦，从她的胳膊上滑了下来，跌倒在凳子上，女孩倒在凳子上。

"啊，亲爱的艾尔佛！你和我……曾经在那……"

她坐在水里，衣服都湿透了，她感觉到背上流着冷雨。她几乎赤裸的脚僵硬在巴黎靴子里。但是她还是坐在那里，温柔地抚摸着她那瘦小、浑身都湿透的、偶尔会舔她手的艾尔佛。

"亲爱的艾尔佛，现在有很多泥的地方，夏天就有很多草，我和太太经常坐在草地上，把花束放草地上。你还记得吗？艾尔佛，意大利？是我请太太，让你和我们一起去的！那里多么美丽，不是吗？温暖、绿色……太阳那么明亮……天空那么蓝，那么大，白色的鸟儿飞越大海……你还记得切尔尼卡小姐在海上航行时多么害怕吗？现在切尔尼卡小姐在哪里？她和太太一起离开的。我们，亲爱的艾尔佛，再也不会和太太去……永不……永不……"

浓浓的困意笼罩着她，她把头靠在椅背睡了起来。她总是把熟睡的狗紧紧地抱在怀里。天越来越黑，门卫的斧头声也停止了，旁边建筑物窗户里的火光也熄灭了，细密的雨悄悄地、不停地滴落在地面上，只有在小片空地的角落里，从雨水管中流出了单调的细水流的潺潺声。

　　大概午夜时分，简和泥瓦匠拍打着门卫的窗子把他叫醒，得到的回答是，他的确看到了那个晚上离开家的女孩。简提着灯笼走到阳台上，停在一个长凳旁，仿佛在发呆。泥瓦匠站在那儿呆看着，摇了摇头，没有人知道为什么，似乎是不由自主地用胖手揉眼睛。过了一会儿，他用他有力的胳膊抱起了那个醒来的小女孩，她很困倦，哭泣着把虚弱通红的脸放到了他的胳膊上。他把她从阳台上抱下来，然后带着她快步回家。他带着那个女孩，留下了睡在她怀里的艾尔佛。这只狗默默地走回到长凳下面，有些难过地呜咽着，蜷缩在阳台上湿湿漉漉的一边。

　　作者：艾丽查·奥若什科娃（Eliza Orzeszkowa），世译：卡贝（Kabe），汉译：张悦、杨帆等

•跳舞的苏格拉底

茱莉亚·吐温

我是个老人，躺在阳光下，
我躺着，百无聊赖，还打哈欠，
我虽然老了，却依然勇敢：
我能把酒罐喝了个底朝天，
我唱着歌儿。

太阳晒热了我的骨骼，
也晒热我智慧而可恶的头颅，
像春天的树木一样。

酒精在头颅里，
思想转瞬即逝，
仿佛时光流逝……

凯贝洛斯，在张望什么？
瞧瞧太阳下躺着的老人
总是喋喋不休。

他停下了吗？哈，是，是……
现在拿上面包走吧。

在角落里的弟子们笑了：
酒精解放了苏格拉底的脑袋，
他喝醉了……

凯贝洛斯对他们说：
我发现了关键的一点，
它的更大的优点是，
洗去雅典的尘埃，
或者吹涨尿泡，

用罐子注水或倒水，

（这没有什么分别……）

此刻，坐下来，

不要烤你的圣饼和面包，

最好是饮用我们的健康，

让我们喝掉生命吧！

是什么让你难过？

我笨嘴拙舌地在胡说什么？

我笑得那么无拘无束？

在雅典的广场上，

我凄惨地躺着，喝着酒？

"那样不好！" 你说。

缺乏教养的弟子们，

如果我，苏格拉底，顽皮捣蛋，

是否像孩子们一样？

我没有纠集弟子们，

渴望走真理之路？

我没有说过——

新思想吗？

啊，是……是……

真！善！人类！众神！

行为、美德、永恒……

重复一遍这些相关词：

人类、众神、真理、爱情，

共和、美德、行为，

那些，另外的，相同的重复！

亲爱的，真实的谎言！

在赫尔墨斯那里你听说过，

我是最聪明的男人……

连神谕里都那样赞扬我，

从此，我很荣耀地站起来！

那么，看看我在做什么吧！

瞧瞧！

言语和行为为什么邪恶或充满祝福！

当花蜜让我开心时，

我的头和狗头相似？

酒精让大脑失去平衡？

看看吧！哲学家在跳舞：

嘣嚓、嘣嚓、嘣嘣嚓！

嘣嚓、嘣嚓、嘣嘣嚓！

这就是智者跳舞的方式！

也是他的弟子跳跃的方式！

善、恶、人类、众神，

美德、真理、智慧之语，

嘣嘣嚓，狂野的舞蹈！

有时候向右，嘣嘣嚓！

鞭子，肋骨！

播放音乐，哈！

亲爱的兄弟凯贝洛斯，

跟我来，瞧啊，在街上，

喝醉的哲学家在跳舞。

美丽见鬼去吧！圣德见鬼去吧！

人类啊，瞧瞧吧，我是海伦纳！

肯定打斗，打爆肋骨！

现在我已经开始战栗，

但舞蹈依旧，"嘣嘣嚓"！

不停地，用力地，

跳啊，一直跳到死，

双脚摆动，踩！

旋转，跳跃！

跳舞吧，如火的激情！

伟大的圣主喜笑颜开，

苏格拉底知道真理，

知道每一个真理和秘密，

苏格拉底知道真理，

他是地球上最聪明的人。

他知道舞蹈，他会舞蹈，

嘣嚓、嘣嚓、嘣嘣嚓！

世译：易思烈·莱泽洛夫斯基（Izrael Lejzerowicz），汉译：胡国鹏

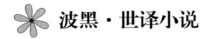

波黑·世译小说

· 河 上

在一座鼓肚小山的山脚下，有一个果实累累的葡萄园，成排的葡萄树沿着山势向下蔓延，紧接着是大片茂密的、深色的橄榄树和无花果树，蜿蜒宽阔的内雷特瓦河恰好从这里流过，它低声咆哮着，拍打着矮小的沙堤，沙堤上生长着一些老杨树、灯芯草和柳树，树木倒映在河面上，岸上宽阔的树影好像一条巨大的鳗鱼。天空中飘散的云层，好像一张张展开的水牛皮。在云层的后面，月亮凝视着大地。月光穿过杨树摇曳的树叶，照射在河面上闪闪发光，像一面面小镜子在不停地闪耀着，而后又消失不见了。寒风从上面吹来，穿过葡萄园，和长长的灯芯草做起了游戏，灯芯草向河面倾斜着身子，倒映在水面上，它们漂亮的影子随着波浪的变化而蠕动着，好像一条条奇怪的、又大又长的水蛭。弯弯曲曲的灯芯草吓坏了一只青蛙，为了能回到蛙群中，它从洞里跳出来，落到水里。蛙群一直在不知疲倦地叫着，而河岸上葡萄园里的蟋蟀也在用自己的声音呼应着，青蛙和蟋蟀仿佛在比赛一样，此起彼伏地叫着。

"喂……向右转！"从远处的水面上传来了拖着长腔的喊声，而且好像有人在回应。

在内雷特瓦河转弯的陡峭的石山后，曙光升起。那儿的水面油光光的，像拂晓一样泛着白光。狭长的水面上，灰蒙蒙的雾气延绵不断，慢慢散开，透过黑色的面纱，能看到远处的灯芯草和两棵漂亮的大杨树。在那后面露出一团微红的火焰和一条棕色小渔船的前半身。火焰在船头的一大堆木柴上闪烁着，火光照亮了三个人的身影：两个男人和一个女人。两个男人在船边摇着橹：其中一个是带着棕色的忧郁面孔的上了年纪的人，他一脸乱蓬蓬的胡须，袒露着满是胸毛的胸膛和有力且发达的胸肌；另一个比较年轻，没有胡须，有一张天真无邪的脸和一双格外宁静、温柔的蓝眼睛。那个女人的身材很年轻，大概二十岁，有点胖，皮肤是健康的红色，有着一张圆圆的脸蛋，丰满的胸部几乎袒露着。她一只手臂扶着船帮，看着河水，呼吸着新鲜的非常潮湿的带有水清香的空气。她身后就是挂在船上的一张大网，像鸟的尾巴一样。她的另一只手摇晃在水面上。

"米塔尔，现在睁开眼睛！我们就在这里开始吧！"年长的男人一边大声说着，一边使劲儿划着桨，几乎所有的青蛙都沉默了，大多数都跳进了水里。

米塔尔也划起桨，稍稍调转了船头，停在了河中央。

"玛拉，看着渔网！"年长的人又用嘶哑的声音说道。

"不要担心，我看着呢！"玛拉回答道，然后抓起渔网，并解开绳子。

随着燃烧，木头开始弯曲，并发出断裂的声音，火苗争先恐后地和水中的倒影嬉戏的同时，也把周围照亮了。能清楚地看到河床上有各种颜色的砾石，砾石上方聚集着一群大大小小的鱼，惊慌失措地从船边绕过去游走了。

"嘀！今天晚上会是大丰收啊！"年长的人满足地说，"如果你睁开眼睛，勤快点干活，就会得到回报。不要再窃窃私语了，也别再呆看着周围的树了，往手上吐点口水，开始干活吧……"

"别担心，托德尔兄弟！"米塔尔温和地说，"我们明白。"

把渔网解开以后，玛拉把袖口卷到肩膀上，一边对米塔尔笑着，一边把手伸到水里。因为她的动作太突然，船晃得更厉害了，很多鱼都从船的侧面游走了。

"注意点！"托德尔，她的丈夫责备她说，并且冷淡地看着她，"就算帮不上忙，也别添乱……"

他弯腰拿起一个长鱼叉，刺入水中。

"嘀！"他喊道，高高举起鱼叉，高兴地看着叉上来的一条大鳟鱼，那条鱼正摆着尾巴挣扎呢，"快抓住！是个好开头！"

米塔尔把鱼拿下来，仔细看看，用手摸了摸它的伤口，兴致索然地把鱼扔在了身旁。然后他站起身来，拿起另外一个鱼叉，但并没有把鱼叉刺入水中，而是呆呆地看着玛拉圆圆的肩膀，看着她的手臂和发辫，那长长的发辫披在衣服上面，沿着后背一直垂到腰部。他又看了看玛拉丰满的臀部，轻声叹了一口气，然后用鱼叉敲打最近的一棵杨树，一些树叶被敲下来，一片一片散落在水面上。

"你把鸟都吓跑了！"托德尔生气地说，"是哪个魔鬼把你控制了吗？你不想干活，好像是上帝不让你干一样，最近你变懒了，还不如一个没抓过鱼的人干得好。"

米塔尔故意晃了一下，结结巴巴地说了些什么，然后几乎是紧挨着玛拉的双手，把鱼叉刺到水中。"啪"的一声，水溅到了玛拉的脸上。玛拉向后甩甩头，指责地看着米塔尔，用手威胁地指了指他，又重新开始干活了。

从远处传来了歌声：

年轻的姑娘祈求陌生人，

啊，朋友，我的神，

请指引我跨越群山，

没有亲吻，也没有温存……

那令人愉悦的、轻柔的、女性的嗓音，充满了无法言喻的忧愁和思念，响彻夜晚，激起的水花，溅到柳树和杨树上，消失在葡萄园的上空。这时，米塔尔和玛拉又互相看了一眼，玛拉的脸上发热，太阳穴一跳一跳的，为了能让新鲜的风吹拂自己的胸口，她把衣服敞开了一些，又张开嘴，尽可能多地吸入潮湿的空气。船又摇晃起来，因为托德尔在不停地用鱼叉刺鱼，根本顾不上米塔尔和玛拉，也顾不上那歌声。河水拍击着船舷，很多小水滴溅到了玛拉的脸上。

"哈，我也捕到猎物了！"米塔尔喊道，那声音很像在惨叫，他也用鱼叉抓到了鱼，并向他们展示着，这鱼比托德尔的鱼要稍微大一些。

"是什么鱼？"托德尔转过身，仔细看着。

"雅罗鱼。"

"呸！只有雅罗鱼吗？"

快烧完的木头发出爆裂声，闪烁着浅蓝色的火苗，它在波浪上方弯弯曲曲摇摆着、舞动着。托德尔拿起木头，把它浸到水里。木头发出刺耳的声音。黑暗再一次笼罩了一切。泛着银光的玫瑰色的河水变成了蓝色，圆圆的杨树叶变成了黑色的大蝴蝶，它们聚集在一起，好像在跳圆舞曲。米塔尔意识到机会来了。在托德尔成功点燃另外一小块木头之前，米塔尔抓住玛拉的手臂，什么也没说，特别男人地用力地压住了她。

"嘿！"托德尔又大叫起来，他拿起船桨，"看好船！有东西靠近！"

但是，他的话音还未落，就有什么东西轻轻碰到了船，让船晃动起来。

"抓住它！"

"是什么？"

"抓住它，不要问！"

米塔尔跳过来抓住那个东西，但他像被蛇咬到一样，迅速把手收了回来。

"是人！"他害怕地叫起来。

托德尔扔掉鱼叉，把两只手都伸进水里。

"是淹死的人！"他又说。

玛拉颤抖起来。

"看在上帝的份上，扔掉它吧，快扔掉！"她颤抖着喊，紧靠着他们，"扔掉！"

"要打捞淹死的人，不打渔也没什么可羞愧的。"托德尔回答道，并责备地看着玛拉。

"摇船！米塔尔，我们把船停到岸边去。"

米塔尔又挽起袖子，拿起桨。船再一次晃动起来，倾斜着慢慢划向岸边。船的后面拖着两个翅膀，一侧是渔网，另一侧是溺水的人，托德尔用手牢牢地抓着她。船靠近岸边的时候，米塔尔跳到沙滩上，用两只手把船往上拉。这时，玛拉也跳下来，紧靠着他的肩膀，他们一起把船拉上了岸，托德尔则把死者拉了出来。

"哦，这是个女的！"托德尔说着，把尸体放到了沙滩上，"一个女人。"

他们拿起火把，靠近死者已经变形的脸。前额和脸上的皮肤已经没有了，眼睛干瘪了，没有眼睑，也没有睫毛，鼻子撕裂了，头发乱七八糟，沾满了沙子和各种污垢，衣服又破又脏。

"谁能认出这个人？"米塔尔问，并更加仔细地看了看她，"这不是……这不是奥伽琪琪的格鲁格尔家的安妮采吗？"玛拉惊叫着，整个人颤抖起来。她被扔到水里已经过去七天了，第七天，河水才把尸体浮了上来。

"我的上帝，"托德尔结巴着说，拿着木头又靠近了一些。"是她。"他根据她眉间的美人痣辨认出来了。

三个人聚在一起，默默地看着她。周围的灯芯草弯曲着，有时轻触到他们的脸庞。下垂的柳枝安静地浸入河中，河水不断地拍打着浅白色的细沙，有时河水涌到溺水者的腿上，好像想要把她再次拖进水里一样。

"可怜的女人！"米塔尔哀叹道，看了看玛拉。托德尔皱起了眉头。

"罪犯！"米塔尔狂妄地说，"为了她，应该逮捕那个罪犯。但是格鲁格尔正直诚实。他是个爱生气而且粗鲁的人，但是他很勇敢……"

"看在上帝的份上，如果是他把安妮采推到河里的话，为什么不逮捕他呢？他难道没有在法庭上承认是自己把安妮采推到河里的吗？结束了一个生命，这可不是开玩笑。"米塔尔又说。

托德尔用脚踢了踢溺死者，摇了摇头。

"这次谋杀很完美！"托德尔激动得断断续续地回答，"如果你有妻子，发现她和别人接吻，你也无动于衷吗？他确实发现妻子那样做了。他在斯坦克的家里出现，难道没让斯坦克大吃一惊吗？斯坦克逃走了，但格鲁格尔掐住了妻子的脖子，然后把她推……他做得对！"

米塔尔又叹了一口气。

"但杀人是犯罪，兄弟……如果他只是把妻子赶走，这很合理，但活着把她推到河里……呸！"

托德尔又看了看那个溺死者，充满了莫名的厌恶，他又用脚踢了踢她。

"我把她再扔回河里吧！"他说道，"如果之前河流把她带走的话，现在也能把她带向远方。"

"不行！"米塔尔机警地打断他，他抓住托德尔的手臂，"那是犯罪。看，你嘲笑我，但我同情这个可怜的女人。"

因为害怕死人的脸，米塔尔把她转向侧面，然后来到托德尔的背后，碰了碰他的肩膀。

"把她埋葬了吧！"米塔尔低声请求道。

"走开！"托德尔责备道，他把米塔尔推到一边，"我来埋葬她吗？我是她的兄弟，还是亲戚？"

米塔尔解开了渔网，拉过来盖到尸体上。

"但是我认为，"米塔尔说，"我们就这样丢下她的话，不合适。"

"我们怎么才能弄到铁锹？"托德尔问，声音轻柔了一些，若有所思。

"兄弟，这附近就有人家。到曼达尔家只需要一刻钟，我们把铁锹拿来，半小时内就能往返。"

托德尔陷入了沉思。

"我们应该可以拿来铁锹。"米塔尔说，"玛拉去要铁锹，她还可以恳求曼达尔的家人来帮忙，这样埋葬时可以多些人手。"

玛拉用手捂住脸，向旁边跑去。

"啊，我不敢！"她大叫起来，"就算你杀了我，我也不敢自己去。"

"呸！真是女人的耻辱！"托德尔轻蔑地大声责备她。"年轻、健康，却很胆小！呸！"

"那么……我去吧！"米塔尔插嘴说，慢慢转过身，"我能……"

"不行！"托德尔严厉地说，然后抓住了他的胳膊。"你要是离开了，就再也不会回来了。还是你留下吧，我去……"

托德尔看也没看他们，拉了拉脖子上的帽子，离开了。

有段时间，米塔尔和玛拉沉默着，只是看着尸体，那尸体平躺在沙滩上，被火把照着。

"她是多么丑陋！"停了很久之后，米塔尔说。

"我害怕。"玛拉战栗着小声说道，她向米塔尔靠近，坐到他身边，并把肩膀依偎在他的肩膀上。

米塔尔转过身来说："唉！可怜的女人，她死得多傻啊！真傻……"

两个人对视了一会儿。月光偷偷地透过云彩照在玛拉的头发和前额上。她的前额很少见地发白。火把照亮了她发烫的脸颊，风在和她的一缕头发嬉闹着，把头发盖在了她的脸上。

"玛拉，你一天比一天漂亮了。"米塔尔低声说，正陶醉于潮湿的令人愉悦的水的气味和玛拉的呼吸，"天呢，你是什么样的女孩啊！"

"我？"

"是的，看在上帝的份上！随着我们认识的日子越来越长，你变得越来越漂亮了，你的眼睛更加明亮，你的脸也更加丰满。"

他慢慢地伸出胳膊，隔着衣服，搂住了玛拉的腰。

"你像画儿一样美！"

"啊！"

他转了转眼睛。

"如果我有机会代替托德尔的话，你可以看看你会怎样生活！"

玛拉低下头。

"你总是这样对我说……"她轻轻地说。

"我一直这样，现在也是。"米塔尔充满热情地承认了，"他不会宠爱你，也不会照顾你。这双手是用来干粗活的吗？还有胳膊……哦……"

他还没说完就伸出另一只手，抱住玛拉，用力地吻向她的嘴。

"不，现在不行。"玛拉结结巴巴地说，她轻轻地把米塔尔推开，转过身来，"你怎么敢这样？"

"我想……我一直都想！"米塔尔低声但是热情地说，更紧地贴住玛拉，"我爱你，我要告诉每个人，我爱你……哦，能有人坐在你身边但忍住不拥抱你吗？"

"不……不，看在上帝的份上！……会有人看到的……"玛拉防着米塔尔，一直在推他。

"不管是谁看见，我谁都不怕……死人的嘴不会说话，一个死去的女人不会告诉别人……"

米塔尔微微抱起玛拉靠近自己。

"哦……哦……不……不"她断断续续地小声说着，好像要死了一样，"如果托德尔来了……"

"他走远了……别害怕！"

米塔尔像举羽毛一样把玛拉举了起来，又一次洒下他的吻，然后让她躺在沙滩上，几乎就躺在溺亡者的头的旁边。

作者：斯韦托扎尔·乔罗维奇（Svetozar Ĉoroviĉ），世译：布兰科·米列科（Branko Miljko）、穆斯塔法·坦迪尔（Mustafa Tandir），汉译：李慧

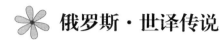

俄罗斯·世译传说

·德米尔·卡亚的东方传说

风势渐渐小了，我们今天大概要在距离岸边三十俄里的海上过夜了。双桅杆帆船慢悠悠地左右漂浮着，被打湿的船帆悬挂在那里。

浓浓的白雾笼罩着这条船。既看不见星星，也看不见天空；既看不见大海，也看不见黑夜，我们没有点燃篝火。

年老而邋遢的塞义德·阿卜利是这艘双桅杆帆船费卢卡号的船长，他正以一种严肃而深沉的声音细细地讲述着一个古老又令我信服的故事。夜晚是如此寂静，我们睡在伸手不见五指的海面上，在浓雾的笼罩下，缓慢地漂浮在洁白而密集的云层中。

他叫德米尔·卡亚，人称"铁石"。之所以这么叫他，是因为那个男人没有怜悯心，不知羞耻，也不知道害怕。

他与他的同伙在伊斯坦布尔周围，在幸福和谐的色萨利，在富饶的马其顿和肥沃的保加利亚牧场抢劫，他手里有九十九条人命，其中包括老人、妇女和儿童。

有一次，一支普什图人的强大军队在山区包围了他。德米尔·卡亚像恶狼一样进行了三天的激烈突围。第四天的早晨，他只身一人逃脱了。在疯狂的突围中，他的一些同伙丧生，而那些未逃脱的人则在伊斯坦布尔的广场上等着被刽子手们砍头。

全身受伤、流着血的德米尔·卡亚躺在荒野山洞里躲避，身边点着篝火。这些地方，山里的牧羊人都很少去。午夜时分，他眼前出现了一个佩戴着闪闪发光的利剑的

天使。德米尔·卡亚认出了这是死亡使者——亚兹拉尔天使，他说："我准备好了！"

但是天使说："不，德米尔·卡亚，你的时间还没有到。当你从死亡之地站起来的时候，挖出你的宝藏并将其换为黄金。然后，向东直走，走到七岔路口上，那儿有一座房子，是一个带有大沙发的新房间，你从那里的泉眼中打来泉水，为过路的人提供食物和饮品，为疲倦的人提供浓香的咖啡和醇香的水烟袋。你把自己当作一个最普通的奴隶，招呼旅行者和路过的人，为他们提供服务。你的房子就是他们的家，你的金子就是他们的金子，你的工作是为他们提供服务。你要知道，总有一天，神会忘记你的罪恶，忘记他孩子们流的血，并饶恕你。"

但是德米尔·卡亚问道："那么神饶恕我罪孽的标志是什么呢？"

"从篝火中取出烧焦的木头，并把它种到土里。当烧焦的木头长出树皮、发芽、开花，饶恕你的时候就到了。"

二十年过去了。在普什图人的土地上，这个坐落在从吉达到伊兹密尔的七岔路口上的招待所赢得了人们的赞扬。穷人的袋子里装着卢比离开这里，饥饿的人在这里吃饱了饭，疲劳的人得到了休息、恢复了精力，受伤的人康复后就离开了这里。

二十年里的每天晚上，德米尔·卡亚都会关注那块象征奇迹的木头。它埋在院子里，但仍然漆黑而干枯。

德米尔·卡亚如鹰一般的眼睛黯淡了，强壮的身体弯曲了，头上也长满了白发。

但是，有一天早上，他听见路上传来了马蹄声，看见一个人骑在大汗淋漓的马上疾驰而来。德米尔·卡亚急忙穿戴好，抓住马的缰绳，请求骑马的人："哦，我的兄弟，进到我的房子里来吧，洗洗脸，吃点，喝点补充体力，请您享受卡里扬的美味佳肴。"

但骑手愤怒地大喊："放手，老头！放手！"

他朝着德米尔·卡亚的脸上吐了一口唾沫，用鞭子把儿砸了他的头，然后狂奔而去。

德米尔·卡亚骨子里傲慢的强盗血液被激怒了，他顺手从地上拿起一块大石头，向冒犯他的人砸去，石头打在骑马人的头上，那人一头撞在马鞍上，马鞍和脑袋交织在一起，倒在满是灰尘的路上。

德米尔·卡亚惊慌失措地向他跑去，悲伤地说："我的兄弟，是我杀了你！"

但是这个要死的人回答："不是你，而是神杀了我。听着，我们村庄里有一个既残忍又贪婪的老帕夏，我的朋友们密谋反抗他。但是我被丰厚的赏金所诱惑，就背叛了他们。当我急急忙忙去告发他们时，您扔下的一块石头阻止了我。这就是神的旨意，再见吧！"

德米尔·卡亚失望地回到了自己的院子里。在这个夏日的早晨，他处心积虑积累的二十年美德和悔意一瞬间崩塌了。

绝望中，他的眼睛习惯地看向那块烧焦的木头。突然，奇迹发生了！他看到，木头已经发芽，开始蓬勃生长，用绿色装扮着，开满了浅黄色的花。

德米尔·卡亚瘫倒在地上，喜极而泣。他知道，伟大而无私的神，用那无以言表的神圣，宽恕了他欠下的九十九条生命的罪行。

作者：亚历山大·库普林（Aleksandr Kuprin），世译：克拉拉·伊卢托维奇（Klara Ilutoviĉ），汉译：杨帆

• 赫罗、利安德和牧羊人

我认为，世界上每个人或许都知道关于赫罗和利安德的古老传说，但并非所有人都知道它还有另外的版本，这另外的版本只有从居住在安纳托利亚的希腊人那里才能听说。

利安德住在阿比多斯的海伦桥的一侧，赫罗住在塞斯托斯市海岸上的另一边。利安德是著名的运动员，在摔跤、跑步、游泳、投掷方面都是好手。赫罗是阿尔忒弥斯神庙中的下等女祭司。

赫罗和利安德的身材、长相和心灵都非常美丽，十六岁的贞洁少女和十九岁的热情少年邂逅将会演绎出唯美的爱情故事。

在一个盛大的日子，阿比多斯举办田径比赛时，赫罗和利安德在体育场见面，两人一见钟情，于是爱情产生了。当天晚上，他们离开宴会厅，来到花儿盛开的橙树树林，他们偷偷地走到了一起，说着甜言蜜语，并体验了第一次纯洁的爱。

在这次亲密的约会后，年轻的恋人无比烦恼，他们知道能走到一起对他们来说是多么艰难，几乎是不可能的。赫罗作为女祭司，不能煎熬下去，决定要提前二十五年离开神庙。利安德的父亲是阿比多斯的贵族和首富，他早就决定，一年后要让他的儿子与他大生意上的合作伙伴的独生女结婚。那是一个比他更富有的科林斯商人。

在深深的叹息、不断的亲吻和苦涩的泪水中，这对恋人相约耐心等待幸福的时光，那是两个伟大的神——爱神和媒神，会给他们带来永远在一起的快乐，直到那一天他们才能相爱相守。

"但是我们怎么见面呢？"利安德悲伤地问，"在我们生活的两个城中，大家都认识我们。"

"那么，亲爱的，我们晚上见面吧！"赫罗羞愧地建议道。

利安德摇了摇头。

"怎么泅渡海峡呢？在我的记忆中，夜间的阿比多斯和塞斯托斯，两个港口是不通船的，每艘船都被铁锚锁在那里"。

"然后呢？"赫罗很快提出异议，"你不是阿比多斯最好的游泳健将吗？

"哦，"被夸奖的利安德惊呼道，"我竟然没有想到。我已经游过海伦斯桥四次了，而且没有遇到过任何艰难险阻。"

他们紧紧拥抱着并达成了一致。第二天晚上，利安德将泅过海峡，赫罗在旧灯塔附近等他。相传，旧灯塔是由古代强大的独眼巨人建造的。

第二天晚上，美丽的赫罗偷偷溜出了神庙。为了爱情，她带着恐惧，呼吸着夜晚的新鲜空气，她颤抖着来到这个古老的、满是老鼠的灯塔，耐心地等待着。

时间一分一秒过去了，女孩的心跳声是如此大，以至于即使是在阿比多斯，也能听到她的心跳声。

灯塔外有一群山羊经过，后面跟着经常遇见的牧羊人。这个牧羊人上了年纪，高大魁梧，灰白的卷发络腮胡，像一只欲望很强的公羊或是一个好色的萨提罗斯。

"嗨，女孩！"他低声说，"你的恋人很晚才会来，或者根本不会来，而你坐在冰冷的石头上，会遭受风寒的。给，我的羊皮，坐在上面，裹在身上。"

"走开，快走开，坏家伙！"赫罗生气地大喊，"哼！你身上都是山羊味！"

"山羊？"牧羊人嘲讽地问，"你怎么知道？女孩，不要害怕。我不会强迫你。强扭的瓜不甜，让我的山羊吃草去吧！我在这里陪你等。等着你的小美男子，不要叹气，让我为你唱一首迷人的歌。"

牧羊人坐在一块石头上，开始一首接一首地唱歌，每首歌都比前一首更加令人愉悦，朴素的歌声是如此柔和、甜美，以至于美丽的赫罗沉醉其中，忘却了她的等待。她甚至说："喂，老山羊，再唱一下那首歌！"

随着时间的流逝，赫罗开始变得开朗起来。牧羊人一首接一首地继续唱着。女孩突然说："嘿！萨提罗斯！把你的羊皮袄给我，我全身都在发抖。"

大海远处的曙光变成玫瑰色，近处和远处的物体变得清晰可见。对于赫罗来说，继续在神庙高墙的外面是很危险的，她很悲伤地回到了庙里。

中午时分，在一个可靠的男人帮助下，她收到了利安德在蜡板上的留言，他在板上写道：白天游过泳，晚上却不同。根据他们爱的约定，他游了一夜，但是迷失了方向，早晨又游回了阿比多斯的海岸。利安德请求赫罗在第二天晚上，在岸上的人都睡觉的时候，在灯塔顶上烧一些柴火。

爱情驱使迷人的赫罗再次回到了独眼巨人建造的灯塔前，此时她又再次看到了牧羊人。东风在呼呼地吹，一场暴风雨即将来临。白色的海浪奔向岸边，发出嘶嘶声，

并不断拍打着海岸。呼啦啦，下起了暴雨。

"牧羊人，牧羊人！"赫罗无助地哭喊道，"老实说，你是长得很可怕，但很善良，我希望，你不会拒绝帮助我在塔尖上点火。"

"给恋人一个信号，对吗？"牧羊人大笑着问道，"为什么不呢？在爱情中，我无处不在，而且永远是最热心的助手。"

赫罗惊奇地看到，老牧羊人迅速而熟练地工作着，年轻人也比不上他。他沿着灯塔内的石梯，迅速从各个船上拿来了很多木柴。

女孩从下面递给他岸边干的灌木丛里的枝子和石楠花。

"不要摸我！"女孩一次次尖声说。

"对不起，我不是故意的。"牧羊人温柔地说。

当他们在塔顶上点起熊熊燃烧的大火后就下来了，牧羊人说：

"我的女孩，现在，风暴和雨越来越大，坐在这里，你会被淋湿的，而你的恋人也会找到一个避雨之处，不能来找你。走吧，我知道这儿附近有一个洞，干燥而宽阔，在那里我们可以一直躲到暴风雨停了。我可以时不时地看看燃烧着的火。"

"但是，老萨提罗斯，你能守规矩吗？"

"我的荣幸。"

这个洞穴真的很合适，又大又干净，地面上有悉心撒了的干树叶和石楠花。

赫罗开心地坐在一条硕大而又茂密的山羊绒毯上。牧羊人也坐在山羊绒毯的边缘。

"现在，"他说，"迷人的姑娘，让我给你讲故事吧！这样我们俩不会很无聊。"

他的歌唱得非常好，他讲故事比唱歌还要好一百倍。那些故事有关于通往神奇土地的遥远的海上通道的，有关于英勇冒险的，有关于奥林匹斯山上众神生活的。所有的故事都充满了欢乐、美好和有趣的爱情。故事里讲述的美德和对欢乐的渴望，让人充满希望与激情。

有时，牧羊人起身从山洞里往外看看。

"柴火正在缓慢地燃烧，"他说，"我去添点儿柴火。"

"去吧！"女孩低声说，"但是要早点回来，我一个人害怕。"

牧羊人添完柴火后回来了。

"坐吧！"赫罗命令式地说道，"靠近点儿，靠近点儿听起来不是太好。现在，接着讲故事吧！"

牧羊人又一个接一个讲着精彩的故事，其中有些故事，使赫罗在黑暗中脸红，不仅脸红，而且心潮澎湃。但是，她高兴地听着，经常说："再来，再讲一个！"她自己也不知道的是，自己的细手指一直在抚摸着牧羊人坚硬而卷曲胡须。

过了一会儿，牧羊人讲了一半就停了下来说："火势又减弱了。我再去添点儿柴火。"

"不用了！"赫罗大声叫着，"不用了，我这里看到柴火正在燃烧。快来给我讲个故事，讲完故事，躺在我身边，这样会更暖和。"

但是在这一刻，有一个遥远的微弱的声音："赫罗！"

是利安德的声音。牧羊人陪着赫罗去找他，海浪把年轻人推到黑暗的地方。但是在深夜消失之前，牧羊人对女孩小声地说："我明天还会来的。白天，你可以在羊圈门口的顶上面有一个大山羊头的房子里找到我。"

赫罗扶着利安德艰难地走到洞穴。利安德被海浪猛烈地拍打在海岸的石头上，疲倦无力。他躺下后，只能低声说出她的名字，然后就昏过去了。赫罗在利安德身边坐着，大约坐了一个小时，她确信昏过去的利安德已经进入了深度睡眠后，默默地站起来，在利安德的额头上冰冷地吻了一下就离开了。

早上，神庙中的祭司突然察觉：赫罗去哪了？她找不到了，她走了，不留一丝痕迹。至于利安德，当他醒来的时候，意识到自己应该与恋人躺在一张床上的时候睡着了，他陷入深度绝望。在希腊语中难以找到一个词来比喻他此时内心的耻辱。所以，利安德也永远离开了他的出生地，人们一直没有找到他。一个在雅典待了几天的阿比多斯人说，他在雅典剧院里看到了一位著名的演员，十分像利安德。但是，他是个众所周知的骗子，没有人相信他。

人们创造了这个美丽的传说。

作者：亚历山大·库普林（Aleksandr kuprin），世译：克拉里·伊鲁托维奇（Clari Ilutovich），汉译：李欣

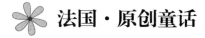

法国·原创童话

•一头毛驴的自白

天哪！那根棍子狠狠地痛打在我瘦削的身板上！从白茫茫的黎明起，这被敲打的鼓音就烦扰着我。难道要为了打碎铜锣而打死我吗？

我承认，我就是一头亟待修理的、长期服役而卑微的驴。今天早上，我听到一个男人悄悄地对一个穷人说，他正过着猪狗不如的生活。如果那个蠢货知道我这头驴的生活会怎么想？但这并不能改变我的命运。朋友！如果去集市，就和我一起去吧！冷酷的主人要去卖豆子……瞬间我就能够忘记我悲惨的命运。很久以前，也许是十年前，一个刚露出鱼肚白的黎明时分，在哥伦布巴扎尔棕榈林中盛开的夹竹桃和闪闪发光的蓟花丛中，我出生了。维吉尔唱的《摇篮曲》里暗藏着主宰我命运的预言。

我是可爱的动物，是妈妈的心肝宝贝，在花园里生活得很快乐。我有结实的蹄子，有灰珍珠般的鼻子和最迷人的耳朵，这些都让邻居们羡慕。人们说我是"真正的小狡猾"，因此人们称我"莫萨特"。当我妈妈因治疗不当而去世以后，我的优雅和美丽凋谢了，我无忧无虑的童年时代就结束了，我要以劳动来换取养活我的饲料。我每天要驮着两个大草筐小跑到军官俱乐部，我的主人在那里给我准备了新鲜的蔬菜。上校阁下的妻子看到了我，她很喜欢我。为了让她七岁的儿子骑在我身上，只讲了一次价，她就把我买了。因此，我就跟着她来到了驻扎在非洲的军队里。

人们用厚羊皮盖在我毛茸茸的后背上，那羊皮上放着舒适的红毛绣花马鞍。我头上戴着领结和缨子。拥有如此精美的装扮，我很美、很耀眼、很靓丽……不缺什么了，我就自豪地满足吧！我被分配了一个身材魁梧、像锅灰一样黑的骑兵，他每天早上送上校的小儿子列队。在离开驴圈之前，我通常会吃点金黄的燕麦、鲜草饲料和胡萝卜。

啊！那些深红色的、软软的、甜甜的胡萝卜，我已经咀嚼了很长时间，然后直到我的肚皮都要撑裂了，胡萝卜的甜汁从我的口中滴落下来。这些丰富的营养造就了我闪闪发光的毛发、敏锐的目光，以及让许多小母驴为之倾倒的高傲的面孔。生活似乎跟我在开玩笑，我现在就像一个稻草人，而不是唐璜，我的右耳垂着鼻涕摆动，另一个耳朵耷拉着；昨天我掉了最后一颗大牙，我因风湿病而无法好好干活。但不要怀疑，朋友，我很烦恼，更没有获得爱情。

我驮着孩子，披着红色斗篷、头戴白色头巾的忠实骑兵跟在后边，我愉快地穿梭在棕榈林和街道上。我们一起拜访了小王子的朋友们，他们抚摸我，宠爱我，甚至亲吻了我额头。"但是去年的雪在哪儿呢？"上校轻声轻语并抚摸着他的光头。有一次我们去军官俱乐部，有一个中尉用恶作剧逗我们开心。我必须补充说，他们就是逗我玩，而不是和我一起玩。

有一天，一位随和的军官临时有事出去了，他们偷偷把我带进一楼办公室里，让我坐在这位军官的扶手椅上，老实说这样真的很难。他们把我的前腿整齐地放在他的办公桌上，把他的军官帽戴在我的头上。看起来，我真像那位后勤军官。好玩吧！当那个好人回到房间，看到我在他的办公桌前，还戴着他的帽子时，便吃惊地站在那里。我天真地笑了，然后他突然变得疯狂起来。

他疯狂地抓起他伸手能抓到的一切，什么纸篓、摩洛哥小凳、一双刚匝完底的靴子，还有一本五公斤重的大词典……狠狠地向我砸来。在我还没有来得及躲开这个急流般的雪崩之前，两卷《拿破仑法典》和布戈元帅的半身石膏像就已经砸到了我身上。我翻过桌子、扶手椅和两三层装有发霉的文件的档案柜，跳出开着的窗户，像箭一般逃跑了。当飞起的小凳子打碎了窗户玻璃，电闪雷鸣时，我直接冲进我的避风港。

还有一次，中尉们在俱乐部的花园里为其中一人晋升为上尉而开庆祝会时，我和我的小骑手散完步，他从我身上下来就走进了房间。我留在原地，我的监护人高兴地朝酒吧走去。这位兴奋的人突发奇想让我喝酒。我礼貌地接受了他的好意。他倒满一桶香槟酒，富有仪式感地往我鼻子里灌。味道不错，但有点凉，弄得我的舌头麻木。阳光暴晒，我也渴了，就这样喝了酒。我喝了一桶，喘了几分钟，顿时眼里就冒出了火花。人们为我欢呼喝彩，我想鞠躬来表示对贵族们的感谢，但发现自己倒在

了地上。

我站起来了，围着桌子磕磕绊绊地跳起了玛祖卡舞。在非常令人愉快而又十分复杂的舞姿里，我不知道我的双腿被缠绕在一起，我苦苦地挣扎着，突然跌落在砾石上，人们却欢呼着。当我喜极而泣，奋力挣扎着调动我不听使唤的双腿时，传来了嘎嘎的脚步声，上校阁下出现了，喧闹声停了下来。

骑手从酒吧回来，让我直挺挺地躺在地上，用脚猛烈地踢我的屁股，残忍地对待我，让我使劲向外吐。在这个疯狂的刽子手的逼迫下，我急急忙忙从广场回到了我的安乐窝，一下子就昏倒了，两天后才醒过来。我又重新干活，后来上校全家离开了哥伦布巴扎尔。一位苏丹商人把我买走，随他的骆驼商队去了贝尼阿贝斯。在那次炼狱式的旅途中，我险些丧命，我要承受人和动物都难以承受的高温酷热，同时背负极其沉重的走私品，这把我的腰都快累垮了。

我被安插在两个单峰驼之间，人们用脖套把我拴在前面的骆驼上，残暴地拉着我。后边的骆驼因老年狂躁症，不断地啃着我屁股上的毛发。要拉断我颈椎的绳子让我喘不上气，我只好咬牙忍受着，甚至都不能够停下来撒尿，我经历了可怕的噩梦。从此，我悲惨、绝望的一生开始了。

我数不清我从事过多少职业：在贝尼阿贝斯地区干农活，在索拉河谷跟着游牧商人干过，在卡比运过水……我在这些地方不知道忍受过多少折磨，棍棒、饥饿、疥疮、暴晒、牛虻……我更喜欢沉默。我，每天早晨都要被剪毛，被清理身子，被弄得嗷嗷大叫。因长年劳累，我很快消瘦下来。

你变成什么了，小狡猾？

有关我有精神问题的流言蜚语进一步折磨着我。当一个无知的学生不会解数学题时，老师称他为"驴"，并给他戴上有两个长耳朵的纸帽。当一个粗鲁的人不再与白痴争论时，他也把他称为"驴"。因为不喜欢阿波罗的古琴，所以那个愚蠢的国王米达斯戴上驴耳朵，并且他的理发师出卖了他。活该！为了弥补，请记住！我毫不费力地用驴的下颚骨屠杀千名庸人。人们认为我叫得不好听，我不这样认为。在上校参加的一个上流社会的晚会上，我听到过一位身体肥胖、棕色皮肤的女人高声唱的几首曲子。

我向你保证，我的朋友，她恐怖的歌声传遍整个社区，如果没有被坚固的栅栏挡着，我可能会惊慌地飞奔到阿拉伯去。孩子们向我扔石头，某位上校却向她献上鲜花和巧克力。我并非因为快乐而嚎叫，而是有时候在月圆之夜，为求得一位细皮纤腰、戴面具的女人，大部分时间为了向热风高呼。从诺亚船长把我从方舟中放出来的那一刻开始，悲惨和绝望就一直折磨着我。柴门霍夫写道："泪在心里，放声歌唱。"因为我天生就是爱平和的、友善的，所以任何人向我发泄愤怒和恶气，我都不理会。

"同意了吗？谢谢！"

去年不顾那个讨厌的管家阻拦，我在法国政府服役。对，我是一个官方的通信员。每两个星期都会从贝尼阿贝斯到蒂米迪军事哨所去送信，我背着报刊、书信和包裹。我的新主管和我一样是个老态龙钟的人，他满脸皱纹像我一样懒。天生的一对！我们一起慢慢地走在无情的太阳下，看到在干枯的橡胶树旁休息的胆小的羚羊。为什么停下来？我们是国家公务员。士兵们总是迎接我们如同接待期待已久的客人一样。一来到，他就去散发出诱人的红烧肉香气的厨房；我这边，就是大麦、面包渣、土豆沙拉，甚至还有块糖的盛宴。在惬意的休息之后，黄昏，我们沐浴在神秘的紫水晶色的暮色中，回到了贝尼斯阿贝斯。

两个月前，士兵们搬到了阿德拉尔。我现在为野蛮的露营者卖命，他们只给我番茄秧吃，而不给甘蓝菜。另一方面，那里的气候并不适合我，这片绿洲太热了。有人告诉我，人们从这位法官的奶牛身上挤出的不是牛奶而是酸奶。别再说了，这样会破坏我与无精打采的官员之间的关系，我还要向他提出退休的建议呢。唉，看来没戏了。

如果我在维希不吃不喝了，死亡不久就要来临，我对生活也没有任何祈求了。周末，三匹胡狼把我当作野餐，人们用我的皮制作成大鼓，它的声音在斋月晚会上能穿越沙滩。

神啊！饶恕你疲倦的奴隶吧！可怜可怜他受伤的脊背和被撕裂的蹄子，可怜可怜他蓬乱的毛发，帮助他无痛苦地走完生命的旅程吧！到达他渴望的世外桃源：那里有茂盛的无花果树荫，有胡萝卜园和苜蓿草地，旁边是香槟喷泉。在那棕榈树林间，一个迷人的女孩陪伴着他。

想象再美好也不能当饭吃。这就是我将要卸掉该死的蚕豆袋子的集市。亲爱的朋友，明天见！

作者：让·里比拉德（Jean Ribillard），汉译：集体

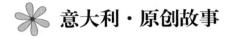

意大利·原创故事

•一大丑事

　　我想要伪装自己，但对于我这条病腿来说并不是一件简单的事。当时，为了不让人看出我的毛病，我计划在乡下定一头驴，并和玛利亚、桑德罗、马塞拉，莉安娜商量组成一个小组。他们其中一人用绳牵着驴，我骑着，其他人跟着我。在我看来，一切安排得很好，并且切实可行。我的热情如此之高，遇到的熟人都说，我要骑驴伪装自己，就是不让人看出我的毛病。

　　那么，驴来了，我把木炭涂在脸上，穿上白衬衫，系上红领带，戴上我父亲为重大活动而准备的瓜皮帽，走在我们家菜园周围的小路上，大喊："玛利亚、桑德罗，你们所有人，我已经准备好了，我们出发吧！"但是我没有看见任何人来。我焦急地环顾着四周，继续大声喊他们的时候，桑德罗的妈妈从最高楼层的窗户伸出头，说："别人不想伪装。"

　　因此，计划与我活动的同伴消失了，或许为了嘲弄我，他们躲起来了。我不想在他们面前表露我的不快。为了不让我的失败带给他们快乐，便自问现在做什么。

　　那头驴歪着头站在那里，无视背叛，就像我一样，不知道发生了什么。我抚摸它时，发现它是安静顺从的。那时，我决定爬上去试一试，这头驴同意了，没有违背我的意愿。我牵着缰绳，驴走了起来。我心想：为了让自己平静下来，我得去街上散散步。但是当我走到"塞科广场"边的街道时，毛驴爬上楼梯，我没阻止它。它充满了新鲜感，非常开心，情不自禁。我认为，不推它，同伴不大喊大叫，这头驴是不会动的。

几年前，有一头驴，当我在街上骑着它偶到乡下的父亲那里时，也是一动不动，我甚至祷告、脚踢、手推都没有用。相反，这头驴自己谦卑而自信地走了过去。我对它下意识的社交感到激动，就和它一起高兴地走上了小台阶。

我什么也看不见，只感觉到幸福的青春！我正骑着驴在街道附近林荫小道上慢跑，什么也没注意，就直奔马路中间而去，好奇的人们聚集在一起看着我。2月28日下午阳光明媚，天气炎热，也是一个美好的星期四，这是战争结束后的第一个美好的星期四。除了我以外，战后没有人再伪装自己。人们已经丢掉伪装的习惯，或者还不敢。我拥有一张黑色的脸、戴着一顶大圆帽、骑在毛驴上，肯定给人留下了深刻的印象，因为在林荫小道上休闲的人们正聚集在路两边看着我。

这对于天真有进取心的女孩来说十分兴奋、刺激。他们说："她需要多少肥皂来洗脸？"的确，那是继面包之后最重要的急需品——肥皂。我想到木炭时就大笑起来。

我们走着，温顺、自信的毛驴，幸福得得意忘形，不畏在貌似现实却浩瀚如海的梦中充满幻想的我。现在大家都重新认识了我，而我也没有遗憾，这很好呀！我想。

我们经过对我非常好的波兰男孩皮耶罗托住的"翁贝托"军营，我和这个男孩比较熟悉。当我对世界语还一无所知时，我的内心已经是世界语者了。对我来说，与外国人一起聊天和散步是很正常的。

如果不是那个认识我和皮耶罗托的厨师，不是一伙顽童拽着驴尾巴，把砂锅挂在尾巴上，我是不会进入兵营的院子的。

我向皮耶罗托吐露伪装的秘密，他来见我并请求：

"精神点！把脸洗干净，漂亮点！我们一起去散步，放了那头笨驴！"

我没有听他的话。小士兵用烟盒指了指毛驴，但是它转过头去。然后他从口袋里掏出焦糖……

我从院子里走出来，耳边伴随着驴蹄声，继续走着。我努力地骑着驴绕着人民广场转悠。人们尖叫不已，关于我的风言风语传到我母亲那里，她就来找我。我正在四周转悠的时候，她看见了我。在皮耶鲁契书店工作的爸爸从朋友那里知道这个蒙面女人的名字后，勃然大怒又羞愧至极。更糟的事情发生了，当我经过圣安德烈教堂旁边的卡特纳契宫殿前，一个十几岁的男孩猛地跳到驴身上，坐在我身后。丑闻，巨大的丑闻，一个男人和我一起骑在驴身上！可恶！但是我完全没有感到厌恶，并保持着无所谓的态度。

我回到家时，母亲把我大打一顿，以防父亲生气时下手更狠。她这样做是明智的。她打我时说："不知羞耻的丫头，你还去丢人现眼吗？"驴被拴到驴圈里了，当晚我去人民广场散步，碰到兵营里的那个小兵，他问我："驴怎么样了？它抽烟了吗？吃糖了吗？"

世译：加布里埃利·丽娜（Lina Gabrielli），汉译：集体

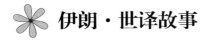 **伊朗·世译故事**

•一只茶炊

奶奶和我们的几位女邻居筹集钱款，目的是给塔荷蕾太太的女儿购买一件令人满意的礼物。塔荷蕾太太的女儿已订婚，而且邀请我们都参加她的婚礼。那么大家就要购买一件品质好的东西作为礼物，赠送给她的女儿。所有认识的人都把我的奶奶看作是一位受人尊敬、见多识广的老人，她待人接物彬彬有礼，通晓当地的风俗习惯，并且有很好的艺术鉴赏力。

于是，她们就委托我的奶奶找个借口到塔荷蕾太太家去查看一下新娘的房间，以便知道她缺少什么东西。然后报告给同伴们，大家在一起，共同决定最终购买什么礼物。为此，奶奶就穿上一件黑纱外套，来到了新娘的房间里。透过女人之间的闲聊，奶奶渐渐地发现，如果让新娘拥有一件漂亮而实用的茶炊，那肯定是一件好事。

后来，为了筹集钱款购买茶炊，奶奶被大家选为接受和保管钱款的负责人。于是，她就恳请每一位太太按个人的经济状况先支付一点钱款。在婚礼当天的早晨，我的奶奶、郭卡博太太和她的弟媳阿克然太太一起到集市上去购买茶炊。而且，她们也让我去陪着帮忙。

为了找到一只最好的茶炊，我们在集市上转了一遍又一遍。奶奶不是一位轻易能说服的人。没有一件茶炊让她喜欢。直到最后，在一个走廊的特殊商店里，奶奶和另外两位同伴发现了一只粗脖子、大肚子的铜制茶炊，她们三个人都很喜欢。对于茶炊的好坏，我没有这方面的经验，但我也喜欢这只茶炊。这只茶炊散发着橘红色的光芒。它像镜子一样，映出了我们的面孔。只是我们的面孔、眼睛和鼻子在弯曲表面的

图像反射有点变丑和变形。奶奶决定买下它，并通过这件如此精美的礼物使她自己和同伴们在新娘家获得尊敬和享受荣耀。然而，这只茶炊价格有点贵。募集来的钱款不够。奶奶和其他两位女友越是讨价还价，就越不能成功使卖家答应降低价格。卖家没有心慈手软，怎么也不接受给予甚至一分钱的优惠。

真主保佑奶奶的灵魂。如果她的眼睛喜欢某样东西，她的心就不能忘掉它、错过它。于是，奶奶就对郭卡博太太说："我十分中意这只茶炊。我们要么就买下它，要么其他什么都不买。我个人来支付超出的钱款。我们要买一件有品位的礼物，感谢新娘记住我们，感谢新娘使用时永远为我们祷告。我想要让这件礼物成为珍贵的纪念品。"

于是，我的奶奶就向募集的钱款里增添了一点钱。经过十分认真、仔细完美的检查后，三位太太买下了这只茶炊。

从集市到家拿着这只茶炊，当然成了我的任务。奶奶和二位同伴嘱咐我好好照看，并且提醒我在路上不要把这件完好无损的粗颈大肚茶炊弄坏，不要折断它的两个把手或壶嘴……最后，她们要我记住并警告说，如果茶只茶炊损坏，真主不允许！我不幸的奶奶必须负责向100位女人解释清楚。因此，我就抱住粗重的茶只茶炊，一路上带着它。奶奶和二位同伴在路上不那么注意我是如何卖力的。这三个人走在我前面，有点距离，她们彼此语速飞快地、旁若无人地闲聊着，并且毫无顾虑地大声笑着，而我在后面抱着沉重的茶炊大汗淋漓、气喘吁吁。幸亏我在路上把它当作婴儿一样抱着，不允许它的心脏不安地跳动，这只茶炊才平安干净地到达了我的家里！然而，我确实太累了。我的双臂、双手和腰由于疼痛已不再有任何感觉。奶奶的其他太太进到屋里，一见到这件茶炊，就高兴得拍手称赞她有很好的艺术鉴赏力。郭卡博太太接着就从朋友和邻居那里募集了奶奶自己为支付而增添的钱款。于是，大家重新支付差额，以便不让奶奶付出那么多，因为付出的钱款对所有人应该是平均的。

一切进行得很顺利。直到郭卡博太太说："好！马吉德已经把这只茶炊从集市搬到了这个屋子。如果他下午再把它搬到新娘的屋子，那就好了。太太们等一会儿就一起去那里。"

我用尽了所有的借口为自己开脱。我辩驳道："我下午有几千件事要做。我必须做家庭作业，准备后天的考试。如果我不能顺利而成功地通过这次考试，我在学校里就要倒霉。如果你能原谅我，让我不做这个任务，真主就会保佑你长命百岁！"

听到我的话，在场所有人都异口同声地抱怨起来。她们没有料想到，因为做这么简单的任务，我竟逃避男人的责任。奶奶说："我的宝贝，不要紧！只要把这件茶炊搬到那里，你就立即回家做学校布置的家庭作业。"

郭卡博太太，一位爱开玩笑和善良幽默的女人，转过脸来对我说："你长大后，我想要把女儿嫁给你。但是我必须重新考虑我的想法，因为我不想有个会偷懒的女婿。"

她的四岁小女儿，听到了母亲的话，立刻哭着杀猪似的号叫起来："不！我不爱马吉德。"

我天真的奶奶，把这件事看得过于严重，对这位小孩说："为什么你不爱他？他有什么不好？"

我马上意识到，如果我不参与其中，无论以后的岁月成不成为她的丈夫，还是我是其他某个人的或好或坏的女婿，今后都将会发生口角。于是，为了平息这场争论，我就说："好吧！我服从太太们的命令。我来搬运这件茶具吧！只是现在不要再争吵了。请找辆自行车，以便我把这只茶炊固定在车上，不再累人。沉重的茶炊使我的双手和双臂都不能动弹了。"为了让我比较容易搬运这只茶炊，郭卡博太太同意请求她的丈夫借给我自行车。

就在第二天下午，为了在搬运期间不滑脱、跌落到地上，有人把这只茶炊用一块漂亮的新布包裹好了。侯塞恩先生，郭卡博太太的丈夫，用绳子紧紧地把这只茶炊固定在自行车的后座上。奶奶卸下了龙头，并把它放进茶炊里，这样在路上就不会被折断。为了确保这只茶炊的安全，人们所做的一切，都是应该做的。后面开始劝告和说教："你不能骑在车上，只可推着走。因为路上坑坑洼洼，这只茶炊可能会掉下来……"

直到走完第一条林间小道，我耳旁还回响着奶奶和她的同伴们的劝告声。但是，当我刚刚过了两三条小道到达大街上时，我才想到，如果只推着自行车是愚蠢的。自行车不是用来搬运茶炊的，而是用来快速到达目的地的。于是，我无视这些劝告，把它当作耳旁风，跳上自行车便开始骑起来。我小心翼翼地骑起来，结果对于茶炊，什么事都没发生。自行车的坐垫高，我的双脚几乎接触不到踏板。我立即从坐垫上下来，把自行车靠在街边的一棵树旁。为了不弄脏我特地穿上参加婚礼的可爱的新长裤，我不得不把它卷起到小腿上。这样，我就能坐在自行车中间的栏杆上，蹬踏板也不那么难了。

道路上满布着小石子和沙粒。有时，自行车掉进路上的坑洼里，茶炊在自行车的

后座上颤抖，它肚子里的龙头发出"铛、铛、铛"的噪音。我没有注意到声音，只顾飞快地骑着。终于这只茶炊平安干净地到达了目的地。然而，在我奶奶与她同伴到来之前，我是不愿意单独一个人走进屋子里的。她们决定让我一送到就立刻回家。而现在我过早地到了新娘的屋子，又不情愿在此等她们半小时或更多的时间。为了消磨这段时光一直到她们到来，我决定去看望一下索琪拉婶婶，她的屋子离这里不远。

我好久没有见到婶婶了。我们俩从同一个村庄来到科尔曼城。她是一位和蔼可亲、虔诚可敬而又独自生活的穷苦女人。她把我当作她自己儿子，深深地爱着我。因为我母亲去世后，我还是个小婴儿，她给我喂过奶。我听说她最近正在生病，于是我决定去她家看望她，询问一下她的健康状况。

所以我就调转自行车，朝着婶婶屋子的方向骑过去。院子的大门敞开着。我推着自行车走了进去。这位可怜的女人躺在院子里大树下的地毯上。当她一看见我，她立刻就满面笑容，双眼炯炯有神地站了起来，她走到我跟前，紧紧地把我抱住哭了起来。泪水从她的双眼滚落下来。她打着嗝，断断续续地说："奇迹啊！太阳今天是从西边出来的吗？谁相信马吉德来看我呢？我喂过你多少次奶啊！我为你操了多少心啊！你不会相信，我天天只盯着这扇大门，等待某个时候，你，健忘的儿子，来看看我呀！我的梦想终于实现啦，你终于来了……进来吧！我多么幸福啊！你让我高兴极了！"

老实说，她的话语和眼泪感动了我的心灵，我的眼里也饱含着泪水。我把自行车靠在墙上。索琪拉婶婶用自己黑纱外套的一角，擦干了脸上的眼泪，说道："我们进屋吧！坐下来，现在告诉我，你从哪里来？你过得好吗？你上几年级了？"

我想要走进屋里，与婶婶聊几句……但突然我看到两只大猫在自行车后面玩耍嬉闹，跳来跳去。我自言自语道："这两只猫肯定会弄倒自行车，把这只茶炊打碎。到那时，我将不得不向许多人解释……"于是，我解开了绑在茶炊上的绳子，把它搬到屋子里的一个角落，以便我离开时再把它带走。索琪拉婶婶看见了茶炊。她再次抱住我，亲吻我，而且又哭了起来："我可爱的马吉德多么善良！你买它一定花了很多钱。我从来没有料想到你会带给我如此昂贵的礼物。"随后，她自问自答道："为什么我没有想到？我应该想到啊！我用自己的奶水喂过你。我把你养大。你一定不会忘记我的爱。真主保佑你长命百岁！谢谢！亲爱的马吉德！你多周到啊！"

我有好几次努力想说："亲爱的索琪拉婶婶，这只茶炊不是给你的。"但是，我感觉到我的舌头卡在了喉咙上，说不出话来。我只是恳切地望着她，鼓足勇气自言自语道："我今后将会慢慢地向她解释。如果我突然说出来，她会感到难过的，她的心脏承受不了。"

索琪拉婶婶走向茶炊，解开了包着它的布块。她继续说："你如何知道我家没有茶炊呢？这些天我用铁水壶煮茶。我有只茶炊，但它有点破损，就连真主都不愿保佑它。我几次把它带给修理匠，然而它就是修不好，龙头还是滴水。"

她抬起头，仰望着天空说道："我的真主是多么和蔼可亲啊！你知道吗？昨天晚上我在梦中见到了满脸放射光芒的真主。他穿着绿色齐腰披肩。他走进我的屋里，送给了一件包装好的礼物……这只茶炊就是那个梦的真实再现。"

我的目光只得紧紧地盯着索琪拉婶婶，她高兴地在房间里走来走去。有好几次，我想要跳起来握住她的手，清清楚楚地告诉她发生的一切，使我从混乱的误解中解放出来……而我缺乏勇气。怎么办？我用舌头润了润我的嘴唇，只是极力微笑着。索琪拉婶婶抱住这只茶炊，把它放到房屋的中间。而后，好好地看着它：多么好的鉴赏力啊！我猜是你奶奶买的。是吗？她身体好吗？从你成为孤儿后，为让你长大，她也受过许多苦。"这位不幸的老人高兴地唠叨起来，问起我所有的亲戚和熟人。后来，好像她想起了一个好主意，她向另一方向看着并建议道："现在我能用这只茶炊做清香四溢的茶汤，我们要一起喝茶。"她伸出一只手，打开茶炊上面的盖子，准备煮茶。为了不让她动那个东西，我突然无意识地抓住了她的手腕。她一句话也没说，静静地微笑着问道："你想要亲自把水倒进茶炊里，点燃木炭煮茶吗？好吧，让你亲自做吧！祝你顺利！"

怎么办？我的双手颤抖着。我一言不发，忐忑不安地把水倒进茶炊里，点燃木炭，加热起来。我自言自语道："喝着茶，我会慢慢地告诉她一切的。"索琪拉婶婶走到后面的小房间，递给我盘内装有两个干石榴和几个胡桃的盘子。她把盘子放在我面前的地毯上说："有人说，我的儿孙们离开后，不再有人关心我。但我有你，他们必须来看一下，你来看望我了，而且还给我送了一只漂亮的茶炊。"

我的心越来越不安起来。我的思绪回到在新娘房间里的奶奶和她的同伴们的身旁。她们一定在等着我，而且神经异常紧张，不知道我在哪里，茶炊现在发生了什么事。

茶炊里的水咕噜地开始沸腾起来。我像一座雕塑一样一动不动地盘着小腿坐在地毯上看着。茶具的水开了。它大大的躯体不安地颤抖着，炽热的蒸汽透过气孔和茶炊上面的边缘喷射出来。我内心与茶炊同时不安地沸腾和颤抖起来，我的头脑发烫。

"如果我巧舌如簧向她说出真相！"然而，我不能这样做。索琪拉婶婶用手抓了一大把干茶叶扔进银壶里，从茶炊龙头倒出沸水在茶叶上面，以便把茶泡开。

"亲爱的马吉德，你等一会，吃点石榴吧！我会马上回来。"她说道。

"索琪拉婶婶！你听说塔荷蕾太太的女儿订婚了吗？奶奶今天想要参加她的婚礼。你为什么不去？如果你去，那就好了，如果让你送给她这只'茶炊'！"为了说完这句话，我差一点窒息……但仍不能成功清晰地从嘴里说出我真正想要说的。

索琪拉婶婶，穿上自己的凉鞋，走到院子里，这样回答道："她们没有邀请我。不要紧。我有你，不需要她们。"在院子中央，婶婶大声叫两位隔墙的邻居："来吧！马吉德来啦！那个孩子，我以前说起过的。那个孩子，我曾经在村里喂过奶的。他给我带来了一只独一无二的茶炊，世上没有一只与它一模一样的。来一起喝茶吧！我的真主啊！愿您福寿安康！"

过了一会儿，过来两位成年邻居来喝茶，同时也见到了我。她们的到来，使情况更复杂起来。索琪拉婶婶伶牙俐齿不停地称赞我，两位邻居敬佩的目光和不停的拍手鼓掌纷至沓来。我喝着茶，但感觉有一种苦涩的传统药物的味道，当我生病时，奶奶曾强迫我喝过它。我的嘴唇扭动着，这茶我不能轻易地咽下去。

在茶炊上面的我的脸仿佛在讥笑我。我思绪万千："现在奶奶怎么办？她正与她的女友们说什么？她是否正在大街上寻找我？唉……为什么我非要带这只茶炊来这儿呢？"

我一边吃着石榴一边喝着茶，匆忙地从我的座位上站起来说道："再见吧！我要走了，时候不早了。"

索琪拉婶婶放了一块甜糖果在刚才盖在茶炊上的布块里，然后用四角叠起来还给我。

"留在我这儿吃晚饭吧！"她恳求道。

"我不能。请允许我离开吧！我只有一个请求。可以把这只茶炊还给我吗？它的质量不是太好，煮水太慢。我以后给你带一只更漂亮、更大的茶炊。这把确实不太实用。"

索琪拉婶婶重新把我抱住，双眼再次饱含着泪水："亲爱的，你说什么？它是把最实用的茶炊。你是多么仁慈和天真啊！这只茶炊对我来说的确很好，而且也足够大。请向你奶奶转达我的问候。对她说，婶婶谢谢她，而且十分喜欢这只茶炊。你来看望我，我是多么高兴啊！那块糖果在圣地开光祝福过。让她吃了，腿疼很快就会好了。好！你可以走了，不然，奶奶要着急了。"

走出了这个院子，我感到不知所措、进退两难。我不知道是高兴还是悲伤。命运的安排使我既高兴又悲伤。索琪拉婶婶现在有一件又好又漂亮的茶炊……于是，我为此而高兴；而我又悲伤，因为奶奶肯定陷入困境，失去了自己的信誉，在熟人面前不受尊敬。

我不能空着双手走到新娘的屋子里。但突然一个主意在我的脑海里灵光一闪。

我骑上自行车，重新回到我们的屋子。进入大院，我见到房间门被锁着。我知道奶奶的钥匙隐藏的地方。我在门旁的花坛里找到了它。我打开门就进去了。我首先把糖果放在碗里，然后拿了一只我奶奶的又破又老的小茶炊，很好地把它包进一块布里。而后用绳子紧紧地固定在自行车上。最后，我走出来，关上门，像子弹一样飞快地骑到新娘的屋子。正如我已经考虑过的那样，我奶奶的心因为极其焦虑几乎要从自己的胸膛里跳出来。她从房间的窗户中伸长脖子朝大门和院子的方向不停地张望，不知道我什么时候能出现，我到了什么地方。她坐在客人们中间四个门宽的房间里。新娘和她的母亲像主人一样高兴地坐在房间的前面。

当奶奶看见我手里拿着用罩子盖好的茶炊走进院子的时候，她高兴得差一点站了起来，但立即克制自己，坐在地毯上。她只是用手势示意我，让我进来把礼物放在新娘的面前。我几次努力模仿，请求她到房间外面来向她当面承认所犯的错误。然而她一动不动。于是，我就走进房间，把包裹好的茶炊放在新娘面前，而后像受惊吓的老鼠一样，迅速地重新回到院子里。

奶奶向新娘的母亲说："我们也共同为我们美丽的新娘准备了一件小礼物，新娘肯定喜欢。" 新娘的母亲随后站起来走向茶炊。我看到她有点奇怪地盯着布块和茶具。我背靠着墙，可以从院子里看到一切。透过窗户，我惊奇地向房间里看事情将如何发展、将如何结尾。我的心像大雨中担惊受怕的小麻雀一样跳动着。"我的真主啊！救救我的奶奶吧！不要让她的心跳停止！"我祈祷着。

奶奶打开了第一个结，在场的所有人便开始拍手鼓掌，交口称赞。奶奶高兴极了。郭卡博太太和其他的这件礼物的共同支付者满面笑容。但当第二个结解开时，一把丑陋的、烧得漆黑的、破旧而肮脏的茶炊出现在所有参加婚礼的人面前。奶奶张大了嘴，客人们的掌声戛然而止。送礼者的满面笑容顿时消失殆尽。几位年轻的姑娘突然笑起来，紧接着引来一片哄堂大笑。奶奶跌落在地上，一屁股坐在茶炊旁边。她那张满脸皱纹苍老的脸上布满了汗珠。她用手掌支撑着自己的脑门。

"谢谢亲爱的奶奶！我们没想到您做了这么多！"新娘的母亲说道。

当我看到客人们惊讶的面孔时，我牙齿紧咬着双唇，浑身颤抖起来。

"我们买的茶炊在哪里？"郭卡博太太问道。

奶奶不知道说什么。她只是把手按在地毯上，努力着站起来。她的脸像橘黄色的糖浆一样一阵阵发黄。她没有力气挪动自己。我想要进去，扶住她的手臂，帮她站起来。但在我挪动前，奶奶自己就一个箭步来到院子里。她一眼就找到了我。不过当她见到我时，她的舌头再也动不了了。她不知道说什么……我拉着她的手，带她到院子中间的水池边，让她洗把脸，稍稍地安静下来。随后我陪她到院子一角，让她坐在台阶上，向她讲述了我去看望索琪拉婶婶的事情。"现在您失去了信誉。但不允许让我也失去信誉，在索琪拉婶婶这件事上不尊重我。遗憾的是您没和我在一起，没有亲眼见到她有多么高兴。我自己攒钱，再买一只茶具。不必伤心！"我随后亲了一下她的手。奶奶是一位聪明而善解人意的女人。她一听完我的讲述，她就把郭卡博太太召唤到院子里。这样郭卡博太太也慢慢地理解了，她进去亲自把这一切告诉给塔荷蕾太太和她的女儿。当知道这把漂亮而昂贵的茶炊命中注定到了索琪拉婶婶的屋子里，大家也就不再抱怨了，并且许多人都笑了起来。

把这只烧得漆黑的小茶炊带回家成了我的任务。我也不得不再次回到集市上去买一只新的茶炊。在随后的两三天里，我成了居民区的茶具搬运工。奶奶和邻居们精确地照看着这个过程，不让我走错路，不让我看望某位没有料想到的亲戚，以便使这第二只茶炊能准确地到达新娘的手中。

作者：胡桑·莫拉迪·凯尔马尼（Husang Moradi Kermani）世译：萨一德·阿巴斯（Saed Abbasi），汉译：庄企雄

克罗地亚·世译散文

·斯拉沃尼亚森林

只要来过一次这个古老的森林，看到像刺绣一样精美的、笔直的、整洁的大树，你就永远不能忘怀。高大的橡树，它们那浅灰色的树壳被一道道沟壑包裹着，沿着二十米高的树干，直到枝繁叶茂的树冠。像美男子头上的毛皮帽一样的树冠，自豪地并肩排列在一起，就像曾守卫边疆的战士。透过它们高大的身影，你可以看到这些大树像巨人一样屹立在那里，抵御狂风暴雨，它们是祖国最有力、最崇高的战士。当微风轻轻地吹起，坚韧的、平整的树叶时而喃喃自语，时而发出嗖嗖的响声，然后又开始咆哮起来，像顽皮的斯拉沃尼亚女神一样，一会儿在疯狂的圆舞曲中歌唱，一会儿又述说着自己的烦恼和哀愁。不一会儿你似乎可以听到天空中传来教堂宏伟的音乐，或者是墓地令人伤心的哀歌。哪里土地湿润，哪里就有精美的白蜡树。白色的树皮和微弯的树干，树顶上隐约可见的树枝就像美女的面纱。它们娇美地站在那里，好奇地、静静地仰望着天空，你可以说，它们是这些自豪战士们选出的美女……不时也可以看到黑色的榆树，像手指一样笔直，树干上长满了嫩芽，疤痕般的榆树皮，总令人想起阴森的、暴躁的、真正的悲观主义者和心怀不轨的人。这三种树以自己的方式为争夺冠军而互相斗争。橡树在这里占了上风，白蜡树和榆树在其他地方为王。它们就像野生动物王国里的老虎和狮子一样……树的下面或者中间是枝繁叶茂、根部发达的角树、枫树。你可以想象，那就是一位弯腰给主人包脚御寒的佣人。这就是森林的奴隶和贱民，它们的存在就是通过大地为傲慢、无暇顾及琐事的橡树提供养分。

无论何时走进这个森林，我都会看到新生事物，都会学习到新的东西。它不是地

平线里所露出的黑色，无声、死一般的景象，它的内部有生命的气息和大自然的原始世界，你的眼前是大自然的不断创造、破坏、探索和修复。对这个无声无息的演变过程来说，留下来的就是这片充满生机的森林，或者较正确的说法是种树的一块土地。这个地方懂得所有赋予森林生命的奥秘，这里有濒死的哀号，有各种各样的回声，就像音乐一样，时而低，时而高，时而宏大，时而深沉，时而亲切悦耳，时而像是想念可怜的母亲时的悲伤。

白天是这样，夜晚更加空旷，更加可怕，带有更多的神秘感。所有的声音以十倍的力量不断重复着，让你毛骨悚然，不知不觉，你就会相信有一种神秘的、万能的、超自然的生命存在。在这种超自然的生命面前，你是那么渺小无助。没有什么比人能更体会这种感觉，在这个森林孤独的午夜，原来人像蚂蚁和小虫一样无力。

一名斯拉沃尼亚人最中意的就是他自己的橡树林了，他在树林里就像在家里一样。他在阴森的橡树林下自由地漫步，可以忘记一切烦恼。他认识每一棵树，每一种鸟，每一个声音；他与森林对话就像与自己的母亲交谈。对他来说，这森林就是取之不尽的宝藏。他在森林旁边搭起来一个小夏屋，临时建造了鸡圈，种植了李子果园。他在这里的时间比在村子里的时间长。自从森林关闭、禁止进入以来，他非常伤感，因为他用森林里的草喂牛，用橡子养猪，用木料搭建房子和篱笆，用野花把这个"美人"装扮得花枝招展，这里成了抵御北风守护良田的屏障。狼、狐狸和黄鼠狼为他提供了毛皮，野兔和母鹿给他奉献了美食和快乐，谁不喜欢这个森林，谁不向往这个森林！四季变化，森林和森林生活也随之改变。万物复苏的春天来临前，森林里是空荡荡的，没有生机。春天一到来，百灵鸟在村子里建窝，黑鸟和斑鸠在树上筑巢。它们在黎明引吭高歌，好像在为给它们提供阳光、温暖，给它们提供昆虫的生灵祈祷，感恩生命。当太阳冉冉升起，一切又恢复了平静，鸟儿们藏身于巢中，以免暴露巢穴和雏鸟。只是偶尔听到空中传来"布谷，布谷"的声音，你可以在一大片水域中间的绿色沼泽地上看到墨绿的野鸭头金光闪闪，它们警惕地畅游在薰衣草边。

老鹰突然向野鸭俯冲下来，它们像箭一样飞去，聚集在森林里。后者在沼泽地附近转来转去，直到老鹰飞走。

这就是春天全部的场景。其他空空如也，讨厌得很，只有生硬的杂音伴随着你，但你不知道是什么声音，也不知道这声音从哪里来，因为无论你转向哪个方向，都能听到同样的声音。这就是大森林的复苏，就是宇宙的灵魂，就是不断创造、不断破坏、永不停息的大自然的本能。你听到的是乳汁孕育大地的声音，是萌芽，是树叶舒展的声音。你似乎可以感觉到，听到它们内部的声音，这声音穿过你的全身，唤醒你新的思想、情感和激情。

夏日来临，这个森林就一天一天活跃起来，完全是另外一种景色。你所看到的是最茂密的森林，最强盛的大自然，一切都对你说，生活、生命都是那么美丽，那么甜美！动物们开始动起来了。还不知道害怕的雏鹎好奇地看着你，在老鸟的带领下，互相簇拥着消失在树枝和树叶后。小野兔跑过大路跳进没有开放的小树林里，只能等到晚上才出来。在树林里也许还能看到直线跳跃、无忧无虑、灵活的母鹿。这只母鹿来到这个小空地，叫了一两声，从灌木丛中就跳出了口带白斑的红色小鹿，一只跳在一边，第二只在对面，"蹦蹦"，一会儿它们突然跳回了树林，它们的母亲也跳走了，它们就消失得无影无踪，好像一切都没有发生。你转身看看这，看看那，揉揉眼睛，不相信眼前所发生的一切，这是梦还是现实？

那边高大的榆树上，老鹰建了一个巢，它已经在这里住了十年，迄今为止都没有被人发现。但是，今年老鹰开始疯狂捕捉小屋周围的鸭子和鹅，它们只好躲藏起来，最后就找不到窝了。我们商定去摸小鹰或者用猎枪打老鹰，但是一无所获。榆树太高，能爬的树枝稀少，不可能爬到树梢。巢穴建得非常密实，子弹打不透。除非砍倒榆树，别无他法。于是，我们其中两个人开始砍伐这棵大树，另外两个人拿着枪等着。大约干到一半，老鹰的大爪抓着猎物飞来了。我就开了枪，老鹰受了伤，扔下猎物，箭似的低飞进了森林。它抓的什么猎物？是掉了毛的，好像是从巢里掉下来的，躲在其他地方、饥饿地等待母亲喂食的雏鹰。鹰妈妈没来，它的"热心的亲戚"来了，把它叼来当作食物喂自己的孩子。热心的亲戚不知道自己的巢穴和孩子面临着灾难和死亡。这是什么？是偶然，是命运，还是自然的法则？我们用两个小时伐倒了这棵榆树，这期间，两只八哥不断飞进老鹰的巢，消失在巢内，又重新飞出来。我们认为，八哥是来觅食的，是寻找投扔的肉块的，或者捕捉喜欢在腐烂巢穴周围转悠的苍蝇。当榆树倒下时，我们发现，事情不是这样的。树梢比巢穴高了足足一米。巢穴又干又避风，巢穴里有八哥的雏鸟。当三十五米的大榆树倒下时，我们发现了活着的八哥雏鸟，其中两只和一只已经长大的雏鹰一起被甩到地上摔死了。住在同一屋檐下，互相抚养自己孩子的两种鸟是怎么想的？八哥想的是同一屋檐下有强者的保护，一定没有想到这种可怜的下场，这种保护的代价太大了。赋予它们双方舒适巢穴、操劳的大自然母亲也让它们在同一时间死亡，没有眼泪，没有怜悯，她用那深不可测的智慧，守护着她所创造的万物平衡。

在这个季节里，在神圣的伊利亚节，人们开始捕捉刚刚会飞的小野鸭。抓捕时，要站在齐腰深的水和薰衣草丛中，一些人在水里拿着枪追赶着鸭子，另外一些人把薰衣草丛割出一个宽阔的通道，等待着被追赶的鸭子的到来。枪声连绵不断，这就是最热闹的捕猎活动，浪费的火药和铅弹远比所打的鸭子有价值得多。还有几个人带着猎狗追赶着学习飞翔的雏鸟，活捉后交给主人。也有人抓到了一些鲤鱼和狗鱼。当人们清除掉身上的水蛭，穿上衣服，就用煤烤腌制好鲤鱼，熟悉的烤鱼和盐香味传遍四周，不可抵抗的诱惑使腹中饥饿的胃骚动起来。

夏天，森林最大的问题是蚊子。你既不能好好休息，也不能安心吃下一片面包、喝下一杯水，因为你最短暂的停留，蚊子也会蜂拥而至，会围着你嗡嗡作响。你用手拍打自卫，打多少次都无济于事。它们咬你、吸你的血，让你发狂。野兽、牛和人都逃出了大森林。牛经常在田地里和牧场上狂奔，以躲避苍蝇和蚊子的叮咬，拉也拉不住。森林的夏夜十分折磨人，命运注定，我们因公在森林里经过了六个星期的夜晚，这六个星期的夜晚是我永远不能忘怀的。森林中既没有村庄，也没有房子。我们决定在以前冬天工人伐木、加工木料的废弃小屋子里过夜，有我，有两名伐木工、一名工人，还有小屋的主人——为我们做饭的巴托尔先生。吃饭也成了大问题，天热，肉一天也不能存放，所以我们购买了一些小鸡，建造了鸡圈。每天屠宰被热死的瘦鸡，它们瘦得像我们一样。

没有什么工作比森林工作更辛苦。身心疲惫之下，我们一棵树、一棵树地测量，测量树的高度，确定明显的和隐藏的缺陷，记录板材的价值。另外还要看树的每一面，要不断抬头仰望。我们不是被木料绊脚，就是被刺伤，周而复始，没完没了。迎面吹来难以忍受的炎热，没有一丝凉意，你的额头和胸膛似被火烤，这些都可以忽略不计。还有不让你停留和短暂休息的讨厌的蚊子。你走到哪里，它们就追到哪里，就像一个讨债鬼，就像一个乞丐，苦苦哀求得到你的一小滴血。疲惫的身躯，刺疼的双脚，你等待着天黑，等待着下班，然而你错了，真正的痛苦才刚刚开始。天黑了，也没有用，一点儿风都没有，温度持续升高，更多的蚊子在你耳旁嗡嗡叫，到哪里睡觉？

小屋里有燃烧的火焰和油烟，倒是没有蚊子，但屋里像火炉一样闷热，这边是火，那边是太阳晒了一整天的低矮的屋顶。你大汗淋漓，从头到脚都已湿透，T恤和裤子都贴在了身上。为了吸上一口凉气，你到处转悠，哪里也没有这口凉气。失望的你走出屋子疯狂地跑向大地……这里好一点，但是嗡嗡叫的蚊子一会咬耳朵，一会咬脚指头，你摇起头并把头包起来，但是没有用，因为你面对蚊子无法躲藏，再小的洞它也能钻进来，它能咬透袜子。总之，它疯狂地攻击你：生与死……你煎熬一夜，你的双眼皮肿了，身体疲惫，对你来说，最珍贵的就是能睡上一会儿，但就是睡不着。为了忘记这个痛苦之地，你努力想其他事，但只能是无眠而睡，无睡而眠……天终于亮了，我们晕晕沉沉，像喝醉了一样，打着趔趄站着祈祷着新的一天，准备开始上班，再转移到另外的痛苦之地。

"巴托尔，做点好吃的！"我离开时说。

"不要说了，先生！我是老厨师。"

"等着吧，巴托尔，我们不会把你和那个自夸的厨师比。"一个伐木工说。

"先品尝，再说话！"有点不高兴的巴托尔说。

天蒙蒙亮，我们看到橡树，于是摇摇晃晃来到一棵一棵的橡树前，我们伸展着双臂又睡了起来，睡姿谈不上体面，由于疲劳和饥饿一直躺到九点，我们又回到小屋。

"巴托尔，饭好了吗？"

"好了，先生！"

我们坐下来，巴托尔在我们面前摆了三个汤匙和一盆辣鸡汤。我们拿起汤匙，看到鸡汤像墨汁一样黑。

"上帝，这是什么，巴托尔？"巴托尔看了看，完全不知道怎么回事，也没说一个字。

"你好好刷盘子了吗？"

"刷了！"

"洋葱放多了吗？"

"没有！"

"那为什么是黑的？"

"只有神圣的上帝知道，这种情况从来没有过。"巴托尔唉声叹气道。

"怎么办？"我们三个人无语，面面相觑，有一个人拿起了汤匙。

"没坏，鸡汤是好的。"第二个伐木工也尝了一口。

"上帝和良心作证，好的，可以喝……"鸡汤真是好的，只是黑，但是为什么会黑，我们不知道。

晚饭当然还是鸡汤，我们还是提醒巴托尔，要好好洗。

巴托尔站在鸡汤旁边，像脱了皮的角树，摇着头埋怨着。

"我真尽最大努力洗了！"

"那怎么还是黑的？"

"和上午一样黑！"

黑是黑，但我们饿呀，因此我们吃得一点不剩，对黑的原因也不再问了……

第二天，在巴托尔没做好饭的时候，我们早回来一会儿，看看他是怎么做的，秘密终于大白于天下。巴托尔用的是橡木盖，当鸡汤沸腾时，热水在橡木里汲取了鞣酸，鞣酸染黑了鸡汤。巴托尔的厨艺毋庸置疑，我们也更大胆地吃起来……星期六晚上我们回家，星期一早上再回到这个大森林。就这样来来回回了六次。在这六个星期的时间里，我们经常雨打全身，经常站在恶臭的齐腰深淤泥的沼泽地里，拔不动脚。尽管这样，我们还是一样地健壮……一天中午，我们终于测量完第10665棵橡树，一名工作人员在这棵树上刻了一个"十"字符号。我们唱起了歌曲，一位老伐木工渴望道："这一万多棵树就是我的退休金。"

"先生，请相信我！我守护这个森林已经二十多年了，也不在乎这六个星期。假如我不是一名林场职工，也不会在这里工作，即使一天给我二十福林也不干。"

从年轻的工人脸上可以看出，他似乎同意老工人的说法，但更同意这个退休的问题。

从九月中旬开始是斯拉沃尼亚最重要的季节。木材商都来考察我们夏天测量的树木，冬天木材就会被销售出去。他们从欧洲各地赶来，在预定的橡木上画上白、红、蓝粉笔和"十"字、圆圈、三角等符号。每个商人都有自己的符号。除了这些富人，你还可以看到我们图罗波尔耶本地人，他们两个、两个地在森林里采集橡子。橡子只有在当地有点作用，一些小庄园主砍伐了自己的橡树林，然后，橡木和橡子的价格攀升。除了林场职工，很多人不知道橡子的用处高于其他林果。所有的家畜和野兽都争抢这些果实。从小小的耗子，到身躯庞大的牛，都焦急地抢食橡子。这些橡子养肥了野猪，也养胖了小鹿、火鸡、鸽子和野鸭。最近，橡子被用作咖啡的替代品。把橡子烘干，和烘干李子一样。干橡子储存时间长，不然太鲜，很快会变质发霉，就没有什么用了。橡子咖啡被推荐给病人食用，比如淋巴结有病变的病人等。因为橡子含有多种成分，这个不一般的果子一定在医学方面发现了更多新的用途。九月底，橡子成熟的时候，森林的生活丰富多彩，各种鸟类在你眼前叽叽喳喳喊叫着、愉快地舞动着身姿，它们还把橡子藏到它们发现的每一个鸟巢里，以备过冬。成群的鸽子安静地、祥和地、姿态迥异地站在高高的树梢上，好像是长出来的树枝一样。你小心翼翼、蹑手蹑脚地靠近它们，都是徒劳无用的。因为当你举起枪，它们就大叫着飞向天空，在鸽子窝盘旋几次以后又无忧无虑地落到它们心仪的地方……这就是最胆小的鸟类之一。描写敏锐鸽子的诗人别再纠结鸽子的晃头了，很少有动物能像鸽子那样躲过子弹。被枪打中受伤的鸽子还能飞二三百步才死去。非常有趣的是，鸽子的咽喉能吞下一颗最大的橡子。我试过，在被枪打死的鸽子的胃里取出橡子，再把橡子放进它的喉咙里，绝对不可能……只有上帝知道，鸽子是怎么吞下的！在你隐蔽观察鸽子的时候，经常会有吃橡子的母鹿在你眼前跳跃。它们跳得灵活、迷人，驻足片刻，看看周围，然后又弹跳走了，无声无息，似乎没有着地。这就是大自然创造的最美的动物之一。

十月开始打母鹿，但是这个月还不太好打，到十一月，当高高的草丛倒下，落叶的时候，才是真正狩猎的季节。在清凉的早晨，当只有一条狗开始在树林里"汪汪"叫的时候，站在大小树林之间的廊道上，真是一种享受！第二、第三条狗也叫了起来，一条声音大，一条声音小，你激动得就像发烧一样，看着狗追的方向。你突然感觉到它们直接向你跑来，你手中的枪自动升高到你的脸庞，听到树叶和树枝嗖嗖的声音，你看到有一只母鹿出现在你眼前。

这头母鹿漂亮极了，非常亲切，它惊慌地注视着你，如同浴室里害羞的少女。你已经不是一个猎手，眼前的一幕使你忘记了一切，忘记了自己和手中的猎枪。母鹿突然一跃而起，不是跑，而是飞一般消失在灌木丛里，顺着它白色的身影，看到母鹿跌宕起伏，最后消失在密林里。几条狗沿着母鹿消失的方向像绳子牵着一样追过去，狂叫着，争先恐后地跳跃着，争夺第一猎手的地位……现在你才醒过味来，才想起手里的枪，但是为时已晚，你哭笑不得，没有履行好一个猎手的职责。这时你身后传来一前一后两声"砰砰"的枪声，这只母鹿倒下了……

你走过去，看到母鹿躺在那里，依旧亲切、漂亮，但它已经死去。你甚至会无意自问，是什么力量追赶着它在灌木丛里跳跃，又是什么力量让它消失得那么快？是狗贪婪地舔着的一滴滴鲜血？还是这就是生命？

当你注视着母鹿的同时，似乎它那一双漂亮的大眼睛也在看着你，并且问道："我有什么罪？你们就这么对我？"你主动请求它的原谅，主动对它说："亲爱的，我能帮你做什么？不是我的错，这就是命运，面对这一切，你、我都无能为力，每一种生命都有自己的结束方式……"

在这个季节，我们要播种橡树种子。砍伐了多少大树，就播多少种子。播种的时候，全村出动，五六十人一排，远远望去有五六排在那里移动，你似乎看到了缓缓

向前移动的人墙。一般是姑娘们一排，歌声和调皮话响彻整个森林。这些歌声伴随着森林新一代的成长，那里是伤心流泪的落叶，叶落归根到大地母亲温暖的怀抱……砍伐橡树的声音由远处传来，不出一个小时，生长二百多年的大树就倒下了。同时，这里是死亡，那里就是生命的开始。这里到处是横七竖八、残缺不全的树干，一个月前，我曾在这里散步，在这里打猎，在这里避雨，在篝火旁一起享受着葡萄酒……可现在！木屑、树枝、树干、木板、树桩，乱七八糟，就像被肢解的身体！几百名工人不断用锤子和板斧敲打着，几百辆马车和雪橇满载着又直又光滑的木料在树枝和原木间穿梭，直奔萨瓦河。当你看到貌似一夜间空空如也的森林，你开始心灰意冷，那么多橡树去了哪里？那么多商品被运到了哪里？这个森林给养育、守卫它的人留下了遗产。除了一棵树能卖到五十福林以外，我还要说说当地人直接到手的收入。这里每年要加工五亿张木板，每一千张板子就能赚取三十福林的加工费和运费，总体来说就是一千五百万福林。这就是这片橡树林在即将消失的时候给当地人带来的可观收入。二百多年的生命，付出得如此之多！在它最年轻的十至十五岁的时候，可以用来制造皮革、提供鞣酸。用橡树的下脚料提取鞣酸的厂家有两家，一家在祖潘贾，一家在米特罗维察。六十岁时，它提供的是大量的橡子和五倍子，还可以用橡木建造房屋和修造轮船。谁能够数得清那些渴望橡木的工厂主！航海人想用它抵御恐怖的台风；普通人想用它建房子，因为在这样的房子里面更安全；葡萄庄园主想用这个上帝赐予的礼物储藏红葡萄酒；濒死的人想用它做棺材，为自己的离去找一个最后的安身之处……所以，我无论何时穿越这个古老的橡树林，都是思绪万千。二百多年来，这里都曾发生了什么？在森林的树荫下，爱人在等待着他所爱的人；夜幕降临，刽子手在等待着牺牲品；灌木林里孕育着秘密计划；树洞里暗藏着能置人于死地的枪支和盗来的宝藏……并非每一棵都能讲出一个秘密，并非每一个人都在黑暗里脱颖而出……无论何时穿越这片森林，一股神秘的力量都会让我内心平静，这个用一百种语言，讲述的一千个恐怖而美丽的故事，使我的心停止跳动，我突然感觉到，我离这个精神上可望不可求的巨大宝藏更近了一步……

作者：乔西普·科扎拉克（Josip Kozarac），世译：达沃·克洛布伊尔（Davor KlobuËar），汉译：孙明孝等

罗马尼亚·世译小说

•梦之巢

山谷越来越窄，山脉也变得更近了。相互簇拥着的被森林覆盖的山脊，如同一位衰老的老人。萨姆河在山脚下奔腾着，波浪冲击着河上石块，汹涌澎湃，震耳欲聋地咆哮着，仿佛被恐怖的幻影所追赶。

列车吐露着烟雾，越来越用力，每节车厢连接处都发出咯吱咯吱的响声。它不断向两边摆动着，试图让这上山的路变得轻松一点。

听到这列车发出的刺耳声响，树林便吼叫着沸腾了起来，从车头的烟囱里冒出的黑烟散发到那令人惊惧的森林上空，挂上树梢，遮住太阳的面容，恰似葬礼上的黑色面纱。

车厢里闷热无比，以至于每一个旅客的脸上都挂满了汗珠。车厢里的旅客们沉默着，互相推挤着，哪怕一个字也懒得彼此交流。光线似乎有意地逃避，在又脏又破的窗前压抑自己……我觉得自己仿佛被能催人入梦的麻醉剂所包围，它引诱着我，它摸着我的心，偷走了我的愉悦。不过现在我已经准备好了，准备好去打破任何恐惧——这确实充斥着我的希望……

在经历了三十年的一无所获的磨难之后，我回到了最初来到这个世界的地方。我曾在地球上每个角落寻找幸福，却从不曾找到。城市的喧嚣里没有幸福，我的心里也没有幸福。我愈是渴求它，它便愈是远远地躲着我。生活不断驱使着我，羞辱着我，剪断了我的翅膀，以致我失去了生活的勇气。我的眼睛不再往前看，我被不可名状的黑暗吓倒，总是转转悠悠又绕了回来。那些回忆疯狂地拥抱着我，把曾经的某一刻呈

现给我，把它们亮堂地穿戴在身上——那生而为梦、亦不知苦痛的地方，紧紧地吸引着我……

现在，我被挤在车厢一角，随时想张开嘴大喊大叫，让我们去那承诺之地。那儿的风景朝我低语着：近了，近了……它们向我微笑着，亲吻着曾失去的和归来的伙伴。它一次次像是自责一般对我说着："确实回来得太晚。"我的灵魂也在等待着那幸福的一吻。

至少要用一小时的时间，我才再次体验了那样区区一秒的幻想。

那些山崖、峭壁、树木，甚至那晒得脸疼的太阳——对我而言，这里的一切都更胜于别处。我惊讶而同情地看向那些对此报以冷漠的人。我嗫嚅低语着："看，看……"声音那么小，小得只有自己能听到。我意识到，我的热情对于那些把自己的心锁在箱子里的人来说，会显得可笑，正如前几天我经历的怪事：有人竟相在萨姆河谷里某个迷失的村庄寻找着幸福。

我离瓦拉雷亚村越近，那窒息般的渴望便越将我左右。我不得不被迫稳定住我喷发的情感，越发把我的灵魂深深地锁进自己的躯壳中，像是在某种温暖的、可以免遭消灭之险的巢穴中。列车正奋力从山谷中往上爬的时候，我的思绪也慢慢沉入了回忆之中。我觉得我自己越来越渺小，越来越容易满足。人和物如童话的梦幻或者梦想的片段一般若隐若现，玫瑰色的雾弥漫于此，时间和空间在这里交融。

看瓦拉雷亚……太阳正在玛古拉山顶用热情而跳跃的眼神注视着它。那金色的光芒爱抚着它，摇着它入睡……道路把它切成两截，萨姆河如同宠爱小孩子一般清洗着它，哪怕它其实那样宽大。除了想象，你无法将它带走。在河对岸，你离开村庄，突然走进了巨龙之国。多少次，我前往村庄下游的吉卜赛人居住区，总能看到我母亲挂着棍子等我，她宁愿让我们在房前的沟渠里玩耍，免得被车轧到。"杜米特鲁·博斯克、康斯坦丁·帕尔泰涅！停下！米霍克，去叫一下尤利亚诺·维肯蒂恩和欧克维亚诺！埃米尔，你和姑娘们一起留在这儿，你还小……""现在，我们悄悄地去萨姆河洗澡，但要注意，别让父亲看到，因为……"

公证人圣约安羡慕我们在科内利流的带领下去了村公所。那位公证人是我们的义父，但我父亲经常和他吵架。科内利流是个沉默寡言的人，而且总是炫耀着脚上的穿戴走来走去。我们每次见面都会打架，幸运的是，他们住到了帕尔瓦方向的村头，我们就很少相见。米霍克嘴里咬着手指头，看着圣约安，特别是看着他金光闪闪的凉鞋。可怜的米霍克从来没有穿过凉鞋。他的父亲是瓦拉雷亚村里的头号酒鬼。在布托罗的破门店，窗户上摆着许许多多五颜六色的糖果罐。布托罗撸着眉毛，坐在门口的一个油光发亮的圆皮坐垫上。一个臂膀有力、带着笑容的白脸青年人博罗茹出现在门口，村里这个最有劲的人受雇于布托罗。我们非常喜欢他，因为他会讲很多滑稽的故事，尤其因为他是制作各种玩具的高手。他给我们制作了木枪炮，让我们在菜园里打着玩，直到我们发现父亲朝我们追过来。父亲貌似很粗暴，他是一名教师，对孩子们从来不苟言笑。但我们早已注意到他的严厉只是表面上的，他从来不打我们，再者他总是给人讲许多笑死人的笑话。我们害怕的是经常愁眉苦脸的母亲，她常会什么都不说就开始打人……

夜色温柔，满天星辰，大家甚至不想去睡觉，想继续玩耍。母亲的声音划破了夜空："回家，孩子们！你们玩饿了吗？"还没有回到家，我们就饿得心如刀绞，会狼吞虎咽地大吃一通。而此刻，父亲正友好地和邻家酒店店主阿龙聊天，阿龙每句话都伴着没盖子的短短烟斗里吸出的烟，烟雾缭绕在他长长的白胡子上，以至于人们好奇它会不会被烧着。整个瓦拉雷亚没有人比阿龙师傅更可爱。每当父亲派我带着小账本去赊买四分之一包的酵母时，他都会微笑着给我两三块糖才让我离开。他的微笑在蓝色大眼睛里透出几分忧郁："希望我死后，你还能记得我……"他的大鼻子像个带着黑色小斑点的土豆，每次擦鼻子时都会发出小号一样的声音。若不是他嘴里叼着烟，不停地到处走动，若不是他嘴边的髭髯被烟草熏黄，你就可以说，他像床上边挂在墙上的上帝。若不是担心老板娘干巴巴地等着他，总是发脾气，他会愿意与你聊一夜。当他待得有点晚的时候，这老女人突然出现，夹杂着希伯来语和罗马尼亚语咒骂他。阿龙只好默默而羞愧地把自己黑色的鸭舌帽戴在秃亮的头上，不满地提着自己的系带靴子离开。但那希伯来女人依然留在这里向我的母亲诉苦：这天底下没有比她的阿龙更讨厌的丈夫了。她不会侥幸地再让丈夫来酒店，因为他变成了酒鬼，他自己喝光的白兰地比卖给客户的还要多。今天这样，明日亦如此，直到阿龙摆脱她的唠叨，和我父亲商量好，让父亲教他女儿罗马尼亚语。埃斯特拉有点老，看起来有点像她的母亲。听着她念那我也在学校里学过的文章，特别是读错的时候，我们都爆笑起来……我们的父亲也宽容地笑了，阿龙表示歉意。埃斯特拉羞愧得要死。

昼夜更替，一天晚上，母亲在路上叫我们回家时说，阿龙再也不会来了。太晚了，那个梦挤压着我的眼皮。埃斯特拉哭着进来说："父亲不行了！"她搓着双手。我们惊奇地从被子下露出了头，父亲的脸霎时变白了，下巴也颤抖起来。他没戴帽子就出了门，埃斯特拉跟在他身后。"可怜的阿龙，他走得也太快了。"母亲小声抱怨

着，泪水在她眼皮底下涌出。但母亲又继续细心地缝补着我那条因整天在栅栏跳来跳去而被划破的裤子。

一群顽皮的孩子围绕在阿龙家周围，科科谢卢的一个小孩向我们讲述，犹太人死后只用布包裹着，用一个木匣子埋葬。我们很惊讶，非常想看看阿龙的那个木匣子。院子里到处都是来自邻村、每十几个人坐一辆马车来的希伯来人。他们当中谁是犹太教的教士？也许是那个红胡子？雷雨交加令人生畏，大人们把我们赶进了屋子。但是，我们的父亲却陪伴阿龙一直到下葬。

阴雨连绵了好几天，我们出不了门。如果天气好转，我们就能快点去犹太人墓地了。看看河对面的山坡上，都是木栅栏围着的罗马尼亚人墓地。我们不敢过萨姆河，但能清楚地看到对岸有一棵空心的老柳树，上面是咖啡色的茂密的树冠。我们商量了一番，然后宣布，尽管阿龙是希伯来人，但他一定进入了天堂，因为他有一个又老又坏的妻子，却又对自己的罪尽数做了忏悔……直到我们办完这件事的时候，已经是深夜。母亲绝望地猜想，我们已经被淹死在萨姆河里或者被吉卜赛人拐走了，于是，回到家里我们首先被打了一顿。

天越来越黑了，仿佛失去了游戏的魅力，亦没有伙伴，也不回家。"唉，老太太啊，我们要搬家了！有调令，有工资……"全家都很高兴。在这里住了这么多年，三辆马车装得满满当当……孩子们觉得我们有机会尽情坐车旅行，因而羡慕着我们。在一个阴沉的雨天，一大早我被父亲的旧衣服翻过来包裹着，困得迷迷糊糊，我仿佛在梦中停留于一处又一处：杜米特鲁·博奇卡的院子，阿里尼的家，村公所，吉卜赛人的小屋，普罗科波亚隐藏在果树林里，就像女巫的小屋……只有家乡的路如一条忠实的小狗一样紧随着我们。树林与群山弯下腰，仿佛在和我们打招呼。我们决定等长大以后，要铲平的、要摧毁的，让太阳更早地从光秃的、延长冬天和遮掩树林的山顶上升起的玛古拉山深情地看着我……马车随着铃声渐行渐远，转过一个弯，身后的瓦拉雷亚变得越来越小。

"瓦拉雷亚的车票！"一个不耐烦而又生硬的声音呼喊着。我猛地惊醒过来，就像在深渊旁边醒来一样。乘务员咬着自己的胡子等待着。我想冲他微笑，但我觉得烦恼凝固在我的嘴边。我向窗外看去，铁路向左转过了弯，玛古拉山突然出现在窗框里，正惊奇地看着我这位不约而来的陌生人。在它的山脚下，村庄就像母鸡一样面对着苍鹰，用羽毛保护自己的孩子般站立在那里。

"我来了，瓦拉雷亚！"我惊异得不禁对着窗户说着。

铁路在山坡上分开了岔，村庄像是孩子在包装纸上的涂鸦一般伸展着自己。房子、花园，错落有致。我贪婪地寻找着过去的回忆，激动得嘴唇发干。

随后，仿佛一只冰凉的手突然压迫着我的心，瓦拉雷亚和群山脚下的其他所有村庄一样，都被铁路的隆隆声所惊吓到。我看到普罗科波亚的房子就在茂密的老果树园里。为什么它让我觉得像是女巫的家？吉卜赛人的棚舍像脏兮兮的随时准备争吵的乞丐一样站立在街上。村公所变得孤独又无聊，尖尖的屋顶向一旁倾倒，摇摇欲坠。杜米特鲁·博奇卡矮矮的房子，就像疾病缠身的驼背爷爷，一切都变得仿佛是我从未见过的陌生。

我感觉我心中最美的世界开始崩塌。

我从瓦拉雷亚荒凉的车站往下走去，站在站台上，手里拎着旅行箱，茫然不知该往哪儿去。突然间，我的心像被刀子扎了一样，我该如何在瓦拉雷亚车站找回自己的欢乐？当时只有老神父格罗扎坐在他讲着神奇故事的马车上驶过。

我站在瓦拉雷亚车站里，没敢出站，既没有向前走，也没有往回走，被一个问题所困惑：我在这里找什么呢？我为什么要来这儿？

一个赤脚的、红头发的村夫从我手里拿起我的旅行箱："请跟我来！"

我们出站了，但是他的面相给我的大脑留下了深刻的印象，就像一个被希望的微弱光芒包围的问号。

"你叫什么名字？"

"米霍克……"

片刻，仿佛对我来说整个世界又披上了玫瑰色的雾。

"你是米霍克吗？米霍克，你不认识我吗？你不记得我吗？"

他不相信，甚至怀疑，一直看着我。当我给他提起过去的时光，他立刻激动起来。随后他皱起了眉头，如同被我揭开了伤疤。

"如果你不回来，会更好的，先生！"他用苦涩的声音说道，"过去的一切都过去了，这里的世界变了，早已不再是过去的样子。"

"那圣约安呢？圣约安？"他看着不解的我。

"那个时候的公证人？"我不耐烦地补充道。

"啊……他死了很久……很久。他的公子也没有留在这里，据说他已经成了个大人物……上帝知道他在哪里……上帝。"

"布托罗和朱利安也去世了……那时候的伙伴都走了……博罗霍在战争中阵

亡了。"

我害怕得停了下来。我要去哪里？那么，我一直希望再次看到的世界只是虚无和缥缈的幻想吗？于是，我坠落在比世界任何角落都陌生的生活里，席卷了我灵魂回忆的波浪迅速消失了……

米霍克带我去了一家旅馆。这里曾是阿龙的酒店，已经用石灰翻新。一位戴着圆帽，留着尖胡子的希伯来人热情地接待了我，他用匈牙利语与我交流，然而当他看到我听不懂的时候，便轻蔑地笑了笑。阿龙的女儿埃斯特拉向我父亲学习罗马尼亚语，是在什么时候呢？关于老阿龙的回忆开始在我脑海里浮现。我无所事事，无意间来到院子的大门前，记忆中看到一个大白胡子，烟雾缭绕盘旋在他身上，闪亮的头上戴着黑色的帽子……还有阿龙的声音，温和地在我耳边盘旋着。

"逝者的梦只留在坟墓里。"我独自一人走进了街里，如此想着。

人们经过我身边，向我打着招呼，诧异地看着我。我常常想拦住他们，告诉他们我是三十年前全村都认识的人，就是那个幸福的人……但我无论如何也不敢真那样做。没有人能再认出我了，我也不认识任何人。我知道，对他们而言，我只是个陌生人。每个院子里的狗都冲着我狂叫，孩子们也诧异地直愣愣地盯着我，惊愕得像是看到鬼一样。那些曾经友好地朝我微笑的房子，如今忧郁地用自己又小又黑的眼睛眨着眼皮。

我向萨姆河对岸的山坡看去，我知道那边被木栅栏围得漂漂亮亮的希伯来人墓地中间有阿龙的墓。我激动起来，山坡上有一群奶牛在吃草。一个少年在野苹果树的树荫下休息，他负责照看这群奶牛。我的心挣扎着，我能清晰地听到它的跳动。"也许是我没有找到那个地方？"我自言自语着，尽管我知道，我没有错。

我从桥上走到河对岸，直接向放牛娃走去。

"这里是希伯来人墓地吗？"

他睁开了一只眼睛，随后漫不经心地答道："这里没有什么希伯来人墓地。"

"但那里真的有我的老朋友，三十年前在这里埋葬了酒店主人阿龙！"

这时他先睁开眼睛，有些惊讶地看着我，随后冷笑起来。我知道他相信了我是一名希伯来人，特别是当时他对我说：

"随先生的便吧！你不会比我这个从小生长在这个村里的人更了解的。"

他的坦然让我发狂，我暴躁地对他说："不可能，不存在的，你听到了吗？你再想想，阿龙……阿龙！"

"这样说的话，确实。"他因为被吓了一跳而回应得温和了些，"但我想不起来，我生活在这里时，只有牧场，从没听说过你的什么阿龙……"

"你甚至都没听说过？"

"没有，我们还有很多事，为什么要对死去的人感兴趣……让他们安息吧！"

我的怒火平息了，让步于恐惧的苦涩。黑暗的念头像针一样在我脑袋里搅动。于是，遗忘也吞噬了他所怀念人的坟墓，最多也就几年时间……

因此，什么都没有留下，什么都没有，一切东西都没有……

似乎有一些看不见的翅膀在我身边翻飞，悲伤向我涌来，纠缠着我，撕碎了我的灵魂，将我所有的梦想与心愿埋在了黑暗之中。我的心是空虚的，仿佛被一切希望所抛弃。虚无的感觉从四面八方渗透了我的身心……我意识到遗忘轻抚了我的脸颊，我甚至无法抵抗。我内心寂静，像墓碑一样沉重……

这时放牛娃的声音再度传来：

"先生，不要连帽子都不戴，站在太阳底下。太阳会把你晒坏的。"

汗水从我脸上流过，我的脑袋宛如烧红的热锅。

"年轻人！火车什么时候去瓦伦呢？"

"大概在晚上吧！先生……"

我觉得自己迫切需要赶紧离开这里，以免让自己陷于更大的危难。遗忘不停地压迫着我的心，而逝者悄无声息地离去。

列车冒着浓烟飞驰着，轻轻地离开了这个被死亡的黑暗所笼罩的瓦拉雷亚村。在转弯时，我甚至头都没有回，目光直视着前方。火车向左右两边迸发着火花，在黑夜里散发着光芒。

作者：利维乌·雷布雷努（Liviu Rebreanu），世译：尤格尼亚·莫拉留（Eugenia Morariu），汉译：李博川、杨帆

挪威·原创故事

•幸　福

　　斯特林是曾拥有着幸福的童年、和蔼的父母和美满的家庭的普通人。他上完了初中和高中，就和其他年轻人一样梦想着未来的幸福生活。

　　斯特林不知道幸福是什么。他没有考虑这个哲学问题，但他有一个想法，即幸福就是拥有一个迷人的女孩、一个美丽的家、一份有趣的工作和足够的钱。他的想法如此含糊，以至于没有想过这个女孩将会是他的妻子，他想到的只是她的漂亮，并且要爱他。他想到的只是年轻人的爱情和浪漫，以及他想象中的钱，足够的钱。他对住房和工作没有那么大的兴趣，但他认为工作与足够的钱是有密切关系的，住房与他未来的女孩关系最密切，他的梦想已经不似儿时般天真。

　　斯特林在书上看到，或许在学校已经学过，"金钱买不来幸福。但是，金钱是他幸福的底气。"

　　斯特林通过了毕业考试，成绩还不错。斯特林在一家公司当了一名通讯员，工资不多，但够花。这家公司的打字员，成为他的未婚妻，接着成为他的妻子。她不是最漂亮的，但有甜美的脸蛋、漂亮的身材，她散发着善良的魅力。她的父亲有一处小房子，他们结婚两年后，她父亲就去世了，他们继承了这处房产。

　　斯特林是幸福的，他拥有幸福的一切：有一个忠诚的妻子，有属于自己的家，有比较轻松的工作和够花的钱。

　　斯特林太太继续在公司担任打字员，她也很幸福。她有收入，总是很优雅，工资还有结余。她还会烤最好吃的香草蛋糕。

斯特林夫妇就这样生活了三年。随后发生了变化，他们的儿子出生了，这个小家庭里有了更大的幸福。斯特林突然意识到，他年轻时对幸福的梦想正缺少一个孩子。

斯特林太太不得不辞职，所以斯特林要独自一人去办公室了。那是他幸福中第一次的伤感，他已经习惯了忠实伴侣的陪伴。

经济问题逐渐显现出来。斯特林先生赚不到更多钱了，但妻子仍然优雅，儿子虽然小，也要资金投入。斯特林必须找其他兼职，每天晚上离开家。妻子照看孩子，筋疲力尽的他半夜才回来，此时妻子已经睡着了。他看到熟睡中自己最珍贵的宝贝儿子，他亲吻了正在熟睡的妻子的额头，然后在他的头碰到枕头时就睡着了。

斯特林是幸福的。

有一天他的妻子对他说："你真不能再穿那这件衣服了。"他回答说，他不想每天在办公室里穿得更好，也许他还能赚更多钱。

另一天，一家保险公司的代理人来询问他想不想给自己买份寿险，以防发生意外，如此妻子和孩子都会有份保障。"能发生什么？"他问，但是斯特林先生觉得代理人说得有道理。结果就是，他必须把他买新衣服或其他必要的花费偷偷省下来的一小笔钱付给代理人。

斯特林很幸福。

午夜过后，在回家的路上，斯特林要路过一家酒吧。某天，他进去了。多年来，他省吃俭用，不允许自己有任何消遣活动。由于妻子和小儿子已经睡着了，他可以再待一个小时。他现在想给自己花一些钱。他认为这样一个愉快的时光可能会激励他，让他的工作效率更高，然后增加他夜班的工资，从而证明自己的决定是正确的。

他以前从未来过这样的地方。他坐下之后，一个服务员立即问他想喝点什么。"啤酒！有啤酒吗？""是的，有啤酒，为什么没有呢？"服务员满脸惊讶地离开了，随后带着鄙视的表情把啤酒放到了桌子上。

一位留着胡子的先生坐在旁边的桌子旁，他向斯特林点头致意。斯特林带点诧异地回礼。大胡子男人来到了他的桌子旁。

"斯特林。"

"我可以坐在你的桌子旁边吗？"

"欢迎！"

斯特林喜欢独自一人坐着看漂亮的女孩跳舞，但是阿丹点了酒并盛情款待，同他热情交谈。

"斯特林先生，有点奇怪。幸福，每一个人想要它，但是很少人拥有它。那些拥有大量金钱可以过幸福生活的人，他们很难成功地发现幸福。"

"阿丹先生，幸福，不能通过金钱获得。"

"你幸福吗？斯特林先生！"阿丹温柔而狡黠的眼睛深深地看着他。

"我吗？是的，我很幸福。"

"你是否拥有所需的方法？"

"是的，阿丹先生。如果您考虑的是金钱，我并没有很多。但是我有家庭和工作，一位我爱的并爱我的妻子，还有一个小儿子，他是我的掌中宝。是的，阿丹先生，我很幸福！"

"您喜欢啤酒还是葡萄酒？"

"谢谢！我不喝了。"

阿丹微笑道："其实我刚刚不是那个意思，因为我也要马上离开，我对您的喜好并不了解。"

斯特林为自己的失误感到脸红。

"喏，当然是，葡萄酒。但是这酒要花钱……"

"的确！葡萄酒是要花钱的。如果你喝葡萄酒，而不喝啤酒或者水，你会更幸福吗？"

"我从来没有这么想过。但是当你这样问了，我应该回答，是的。这似乎会给我带来更多幸福。"

阿丹突然起身。

他说："喝完我瓶子里剩下的酒。"

当斯特林回家的时候，他认为这种幸福是充满哲理的。

第二天早晨，他比平时更疲惫。午饭后他休息了。晚上他比平时回家更早一些。也许在酒吧里喝酒并不刺激……

斯特林先生回家就马上上床。妻子坐在扶手椅上，缝补着他的袜子。她穿着漂亮的、时髦的睡衣，而斯特林看到她穿着睡衣上床。他想，即使在晚上，她也很优雅。

"哦，亲爱的，你还在干活吗？还是缝补那些破烂？好吧！对我来说，它们还不错，而他们只为给你这么多工作感到抱歉……"

她没有回答，而只是吃惊地看着他。"你现在才回家吗？这是今天的第二个惊喜！”

"第二个？早些时候发生了什么？"

"猜一猜！一箱酒——六瓶——给我们的礼物！"

"谁送来的？"

"我不知道。你不知道吗？"斯特林先生突然想到阿丹。也许是他？

那天晚上斯特林夫妇喝了一杯葡萄酒，那晚以及后来的许多个夜晚，斯特林先生回来得都很晚。他回家后睡得很香，斯特林太太感到很满足。

还剩下一瓶酒。

自从斯特林第一次去酒吧已经过去一个月了，今天他又去了酒吧。阿丹再次来到他的餐桌旁，阿丹要了昂贵的葡萄酒和牡蛎。

"是的，我就是给你那几瓶酒的人，别提了，钱对我来说没有任何意义，你曾说过，葡萄酒也许可以增加你的幸福感。"

"是的，亲爱的阿丹先生。当然，但是……是的，我们俩都很高兴。"

"你说你们俩都很高兴。斯特林先生，你幸福吗？"

"是的，是的，我非常幸福。我有家庭和工作……"

"是的，并且还有妻子。你这么说。但是，如果你快乐，你为什么一个月前的那个夜晚到这个地方来？为什么你一个人来？"

"我……"

"你不知道，朋友！听着，你的妻子，她漂亮吗？"

"漂亮，嗯，尽管她的身材苗条、漂亮，但她无法在选美比赛中获胜。"

"是的！"

"对，现在她已经没有少女般的挺拔，她的形体没有那么好了，嗯，你当然明白。"

"我很明白！斯特林先生，她依然令你赏心悦目吗？"

"当然，她是我的妻子。"

"就是你走的时候她睡觉，你回来时她还睡觉的那个人。"

"的确这样，但当我回来吃午饭时她在。在那时，她总是穿着十分漂亮、优雅，我感觉看到她我就很快乐。"

"钱也能使你感到真正的快乐吗？好吧，您不必回答，但还有一个问题：午餐后您会做什么？"

"她洗碗并做其他的家务活。我睡觉，直到她端来一杯咖啡，之后我和我的小儿子一起做游戏。"

"斯特林朋友，你喜欢看漂亮的女孩吗？"

斯特林结结巴巴，但考虑了一下，说：

"是的，当然了，我是一个男人，就像所有的男人一样，一切美丽的事物都会给我带来快乐。我认为，即使是女性也喜欢看美女，但是嫉妒使她们感觉不到这种快乐。"

"您说得对，跟我来！"

他们到处逛逛，显然很了解这个地方的阿丹领着斯特林到了一个他们不能听到酒吧音乐的房间。他按下按钮。当服务员过来时，他让他从酒吧拿来一瓶酒。当酒瓶和干净的玻璃杯放在他们面前的桌子上时，七个漂亮的女孩就来到房间，开始演奏她们带来的乐器。她们是熟练的演奏家，斯特林的眼睛无法逃脱她们的美丽。

演奏完毕后，她们立即消失了。西蒙·阿丹问斯特林是否喜欢。

"是的，她们演奏得很棒！"

"仅仅是喜欢听吗？"

"当然不是！"

"您喜欢哪一位演奏者？"

"拉小提琴的那位。"

"小提琴就是她在这里的名字。好吧，我得走了。你待在这里，把这瓶剩下的酒喝了。今天我又给你家送了一箱酒。"

西蒙·阿丹离开了。

过了一会儿，小提琴身穿优雅的便服走进了这个小房间，斯特林看见便服里面是精致的睡衣。

"小提琴是我的名字。"她说，"阿丹先生想让我留下陪你，直到你离开。"

"请坐！"斯特林说，没有找到任何明智的说法，他好像爱上了一个16岁的孩子。

小提琴向他微笑着。"很热，"她说，"你同意我把它拿走吗？"她没有等待他的回答，而是穿着薄薄的睡衣突然站在他的身边，他不知道该往哪里转眼。苗条、优雅、美丽，齐肩发，红色嘴唇以及其他可以使吉娜·劳洛勃丽吉达羡慕的优点，她都具备。

两个小时后，小提琴问斯特林："你幸福吗？"

"是的，我很幸福。"斯特林说。

"单簧管，你看见小提琴了吗？"西蒙·阿丹叫住一个浅肤色的女孩，她从淋浴间出来时用一条毛巾缠在腰间，"没有，阿丹先生，但她肯定和斯特林先生在一起。"

斯特林接受了阿丹的提议。他从办公室辞职，停止了夜晚的工作。拥有多个酒吧的阿丹给了他丰厚的报酬。斯特林太太对这一变化感到非常满意。她不再需要缝补袜子了。她变得更加优雅。他们把儿子送到了寄宿学校。

斯特林太太很高兴。她的许多新朋友也很开心。

斯特林自己也很开心。他的工作主要是监管酒吧的工作人员。他喜欢监督七个女孩的工作，六个女孩不喜欢被他监视，因此，他没有监督第七个女孩。现在，斯特林晚上从不在家，因为他睡在阿丹大房子里的那间属于他自己的房间里。小提琴整天都和他在一起。斯特林太太并不知道这些，当然，她的确也没有问过他。

斯特林同样没有过问自己家里的事。斯特林女士对此非常满意。

斯特林夫妇彼此都很满意。

"斯特林朋友，你快乐吗？"一天晚上阿丹问。

"我当然快乐。"斯特林说，他把手搭在坐在他的膝盖上的小提琴圆圆的臂膀上。

"姑娘们，走开！还有你，小提琴！"阿丹说。单簧管和吉他嘲笑小提琴并向她做个鬼脸。

阿丹重复他的问题："你快乐吗？"

"我快乐，我已经拥有……"

"家庭和工作，你有你爱的和爱你的妻子，你还有一个很小的心肝宝贵儿子。你还记得我第一次向你提出有关幸福的问题，你是如何回答的吗？"

斯特林脸色苍白。

"你的家庭……朋友，你也不经常回家了，你的工作，也没有了。和我在一起胡混后，你的妻子，你很少见到，你摸着别人的皮肤，而不是你妻子的皮肤，而她，你的妻子，也一样，她用每周从我这里得到的酒来招待客人。还有你的宝贝……"

"别说了！别再说了！"

阿丹微笑着说："冷静点！我不会再说了。我让你去工作。你确实有钱，有漂亮

的女孩们，有很多美酒，令人舒心的房间，几乎没有任何工作，完全自由，没有任何责任。""女孩们，你们回来吧！"

穿着浴袍的吉他、喇叭和单簧管飞快来到房间里，拉着斯特林就走，把穿着衣服的他带进了浴室，给他冲完冷水澡，然后她们就把他扔进了游泳池。他进到水里以后，她们就跳了起来。

小提琴立在游泳池边，嫉妒地看着现场。她已经穿上精致的睡衣了。

斯特林尝试享受一起玩的快乐，并叫小提琴也过来。随即小提琴跳入泳池，把斯特林拉到一起。

"跟我来！"她小声说。他们爬出了泳池，他的衣服湿透了很沉，她湿得却很美。

"你不幸福吗？"小提琴问。

斯特林点点头。阿丹说他没有责任感！

"你的行为很奇怪，"小提琴脱下湿衣服说，"你不幸福吗，斯特林？"

"不，"斯特林犹豫了一下，"不，我很幸福。"

没有责任感，斯特林走在回家的路上想着。他试图安慰自己，尽管经济困难，他还是接受了妻子的建议，买了保险，而没有花钱新购买急需的衣物。那是幸福到来之前的时候……

注意到他对幸福的理解发生了改变，他差一点走了下坡路。

这是一天上午，他的妻子刚起床。斯特林情不自禁地把她的睡衣与小提琴的进行了比较，同时不知不觉地偷偷比较了精美服饰下的身体线条。他把视线从妻子身上移开，不知道自己是因无意识的比较而这样做的。

但是妻子注意到了他的举动，并嘲讽地问，这个细腻的眼神是否源于他最近的夜生活。斯特林不明白这种语气，她从未与他这样说过话，他意识到他最近的夜生活极大地改变了他的妻子。她做得更优雅，但这只是一个小小的变化。

他做出了英明的决定。他必须拯救她！他有责任，是的！他询问儿子在学校的情况。妻子回答，儿子在学校一定很好。他问她是否去看望过儿子，妻子回答，没有，并问他也没有看望儿子吗？

斯特林想，从儿子入手是最好的开端，并且决定立刻前往学校。他首先和校长见了面，此人对孩子只是一味地表扬。后来他和儿子谈话，表扬他，抚摸着他的头，但是感觉像是在抚摸陌生孩子的头……

他有责任感，他会证明这一点。他告诉妻子，他将回家住。晚上他告诉小提琴，因为有要事，他不能在阿丹的房子里过夜。他回到家时，他高兴地看到妻子独自一人在等他，她甚至还烤了香草蛋糕。斯特林有种奇怪而又甜蜜的感觉，如同突然想起家乡的某个东西，而这种记忆时隐时现。不知不觉，香草蛋糕勾起了他曾经幸福的回忆。

斯特林认为，家庭、妻子和儿子是幸福的源泉。

斯特林太太本来穿了一件崭新的连衣裙，在她上床睡觉时，斯特林穿了一件同样新的精致的黑布睡袍。

他们聊起了一些琐事，就像过去睡前那样，在斯特林不去值夜的时候，在过去的快乐时光中。

那天晚上，斯特林夫妻很高兴。

"斯特林朋友，"阿丹在第二天晚上说，"你有足够的钱吗？"

"我有比过去更多的钱，但是我的消费也比过去更多。我猜想，钱……人是永远不会感到充足的，但是我特别满足。"

"是的，你有理由感到满足。你有家，有妻子，有儿子。你有钱，此外还有小提琴。无论你喜欢哪一种乐器，都可以随时使用它们。但是我有个建议给你，你听了会感到是非常奇怪的建议。我想买你的房子。"

"买我的房子！但是我的房子是我、我的妻子和儿子幸福的源泉。我可以住在这里或者其他地方，但是他们没有其他地方可住。另外，房子不是我的，而是我的妻子继承的房子，这座房子属于她。"

"但我不仅愿意购买你的房屋，还想买你的妻子和儿子。"

斯特林几乎不敢相信他听到的话。一种奇怪的感觉在他心中油然而生。由于害怕、烦恼与受辱，他几乎无法说话，但他最终重新开口。

"你知道吗，你能提供什么？你相信我会卖自己的家人吗？你相信我会卖掉自己的幸福吗？幸福不是用金钱就能买来的，就像我经常给你说的那样。"

"一切，斯特林朋友，用金钱可以拥有一切。甚至是幸福，作为你自己就可以确认，当你第一次遇到我后。朋友，我为你的幸福拿出一千万。

"一千万！这可是个天文数字！您有那么多钱吗？"

"那是另一回事，与我的问题无关，因为您知道，这对我没有价值，而且如果您接受，我会付款给您。您将立即获得五百万，剩下的一年内付给您。这是个可接受的

条件，不是吗？一千万是个真正可敬的数字，它将带给您所有的舒适和奢华，所有的自主和极大的影响力。您也可以拥有小提琴，但我想为管弦乐队留下其他乐器，如果您想换，您的钱足以选择来自任何国家的女孩……"

"但我要知道，我会得到剩下的五百万吗？"霎时间，斯特林意识到，他正在讨论出售妻子和儿子的条件。

"我的名誉就足够了。否则，我不能保证这笔钱。您的儿子将在下周六回家，对吗？我希望我能得到一个明确的答复。"

那天晚上，斯特林带着奇怪的感觉来到了他自己的房间。小提琴建议他们入睡前要洗个澡时，斯特林没有反应。

斯特林对幸福的存在表示怀疑。

周六下午阿丹来的时候，小提琴仍在斯特林的房间里。

"结果如何？"阿丹简短地问道。

"不好。"斯特林简短回答道。

阿丹立刻离开了他们。

"亲爱的，他想要什么？"小提起看着恋人痛苦的脸庞问道。

"他想要我的幸福。"

"但是幸福是无法购买的。"

"对，所以我回答他不行。他想用一千万来买下我的家、我的妻子和我的儿子。"

"一千万！这是令人难以想象的数字！"

"这就是令人难以想象的巨款。"

"但是他买不到我的幸福！"

"我有权和你在一起，我的小提琴。"

"然而他不能够买所有的幸福。但是你是坚强的、勇敢的和令人钦佩的，因为你能够抵御这种诱惑。我非常高兴，因为我是你的爱人。"

"要有责任感，我的小提琴。"

"是的，要有责任感。"斯特林带着这种自豪走回家。在回家的路上他看到，许多人在奔跑，房子在燃烧。他的房子！

斯特林快速穿过人群，他感到了不安。是的，他的家被完全摧毁了，他听到了"轰"一声。他认识的一名警察严肃地向他走来并告知他，他的妻子和儿子在房屋爆炸中丧生。找到他们后，医生说他们死于爆炸，而不是死于大火。

世界真是奇怪。没有人知道自己的命运，也没有人知道别人的命运。

在小教堂里有两口棺材，一大一小。鲜花摆放在棺材两旁。只有一些熟悉的面孔参加了简短的葬礼。他注意到，小提琴也在那里，但他感觉自己非常孤独。

风琴开始演奏。斯特林想现在他们不需要钱了，他白买了保险。他们在这里，他们在棺材里。他自己留了下来，他有足够的钱。

斯特林没有听牧师的祈祷。斯特林看见了一个写着西蒙·阿丹名字的挽联花圈。阿丹本人并不在场，他就是想买现在就在棺材里的两个人和那座现在已是灰烬和垃圾房子的人。如果他卖了，斯特林突然感到后怕，如果他卖了，输掉的就不是他，而是阿丹。不是吗？人们不会那么轻易地卖掉幸福的。但如果他现在有一千万，甚至只有五百万，这是无关紧要的。金钱不能让棺材上的两个人再回到他身边，甚至是一千万！

当管风琴再次响起，他仍然呆呆地看着带有西蒙·阿丹名字的挽联。

棺材消失在地下，一切都结束了。小提起站在他身旁，他几乎冷漠地接受着朋友和熟人的哀悼。小提琴和他一起向墓地的大门走去，她拉住了他的一只手，紧紧握在手里，离开了。她非常优雅，她戴着一顶崭新的黑帽子。

斯特林是孤独的，斯特林是非常孤独的。

作者：约翰·哈蒙德·罗莎（Johan Hammond Rosbach）汉译：集体

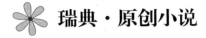

瑞典·原创小说

• 离家出走的老人

　　早上四点半，当妻子把咖啡壶放到炉子上的时候，他就被这噪音吵醒了。接下来，就是噪音不断：

　　"快起床，尼尔森！该去森林了。"

　　在他们一起生活的三十年里，他的妻子在和其他人谈话时，会直接这样称呼他。

　　他起床穿好衣服。妻子还在不停地、好像不由自主地叹气。从早到晚，她一直唉声叹气，牢骚满腹。

　　当他离开家，整天忙自己的木工活的时候，这些唠叨对他来说是能忍受的。当年龄限制了他的行动，并且几乎总是待在家里的时候，就变得越来越难忍受了。斯蒂娜的姐姐搬来以后，对于他来说，生活变得更加痛苦。大姨子跟斯蒂娜一样爱发牢骚，除此之外还非常吝啬。斯蒂娜比较节俭，随着她姐姐的到来，在这种环境下，她变得和她一样小气了。

　　三个人坐在桌子旁，吃几片没有奶酪的面包，每人喝了两杯咖啡。咖啡颜色很淡，并且喝起来几乎像水一样。

　　"现在你不要坐在那里，"当他正在喝最后一口水的时候，斯蒂娜就发话了，"今天你一定要砍伐完，因为你还有其他活要干。"

　　他没有回答她的话，站起来穿上夹克，戴上帽子，拿了一块奶酪面包当早餐。他向门口走去，然后转过身来面向墙上的镜子，照了照自己。"老绵羊，为什么在镜子前发呆？"斯蒂娜问。

他没有回头看她，他又照了一会儿，然后慢慢腾腾地向木工房走去。

他走到木工房的拐角处，回头看了一下，两个女人还在屋里。他转身走进木工房。墙根有一个破旧的大箱子。他走上前掀起箱子，拿出一个中号的木篮子。这个灰漆的木篮，由于长期使用已经发亮，并且有些地方脱了漆。

他手里提着篮子，没拿斧头和锯就立刻出去了。他经过木工房后面的栅栏门，就离开了庄园，沿着森林小路走了。

几步之后，他停了下来，转身站在树林中，看了看庄园。

在晨曦的照耀下，田野绿意盎然，生机一片。他看着田地，摇了摇头。他在这里付出了多少啊！三十年前他在这里开荒的时候，这里还是未经开垦的贫瘠的土地。庄园周围约一米高厚厚的石坝就是他下班后努力的见证。斯蒂娜也干了很多。当时他们是很幸福的。

他的房子就在这片田野中，在这片地区没有其他人有和他一样的房子。他的房子就像他年轻时在美国所建的房子一样。这座房子当时看起来很漂亮，现在依然很漂亮。

房屋旁边有一个花园，周围是由醋栗、黑醋栗、玫瑰和各种其他花所围成的篱笆，花满枝头的苹果树冠探出了头。他在这里也付出了很多劳动，但也收获了很多欢乐。

他爱他亲手建造的家，如果没有这两个小气鬼和厌世狂，他可以在这里生活得很幸福。折磨他、爱钱如命就是她们唯一的快乐。他年事已高，他的头和双手都颤抖了，也没有劲了。

眼泪开始在他的脸颊上滑落，但是当他注意到这一点时，便立即用手背擦了擦眼睛，继续他的旅程。

他手里提着篮子，沿着小路走了一会儿，然后又走过几条林间小道。他走得不紧不慢。他曾是个健壮的徒步旅行者，当时腿脚还很利索。

这是一个美丽的早晨，天空明朗，阳光温暖。空气中弥漫着桦树叶、松针和野花的香味，森林里回荡鸟儿的歌声。

起初他没有注意。但是，他逐渐看到了鸟儿的抖动，闻到了鸟儿的气味，感到了触摸皮肤的温暖。他抬起头，伸直身体，脸庞变得明亮，步伐变得轻松，行走速度加快了。

"自由自在地散步是令人愉快的！"他伴随听起来有点像笑声的拍手声喃喃

自语着。

在森林弯弯曲曲的小道上走了一段时间之后，他来到了公路。他看了看手表，五点半。他仔细地看了看四周，依然坚定地向南走。

他再次发出轻轻的笑声并以一种古老的方式喃喃地说：

"现在我们要看看，这事是否能成功。"也许我终于欺骗了这两个歹毒的人！

他抬手摸了摸头和脸，捋了捋胡子并修剪了他那花白的胡须。他检查了一下夹克、裤子和鞋子。

"真差不多了，"他自言自语，"很好，昨天没忘了刮胡子，不然，别人看到会怎么想，不要像一个流浪汉。"

公路的两边大部分都是森林，他经过了几个庄园，没遇到一个熟人，也没有人认识他。当然，如果有人问他，他只能说在散步，令他高兴的是，没有人知道，他就这样溜走了。

在公路上走了一个小时之后，他来到了十年前曾来过的地方。这里他几乎不认识任何人，任何人也不认识他。一切对他来说都是新的：道路、树木、房屋、田野和风光。他好奇地看了看四周，有时甚至放慢脚步来更好地观看，同时放松一下。

步行使他的血液流动加快，肺活量扩大。他感到很高兴，很自由。

老人高兴地微笑着，二十多年来他都没有离开他的木工房，但是现在每走一步，脚下的地平线都在不断变化着。他很高兴又一次看到了外边的世界。

他甚至感到像是年轻时在冒险一样的激动。

他前面的路还很长，对于一个七十六岁的老人来说真的很长，而且他的力量微弱。他有几位八十多岁的邻居，他们像六十岁的人一样健壮和活泼。为什么他会这般瘦弱呢？但是幸运的是他的腿脚还利索，他肯定会成功，他有经验，他经历过比这还要漫长且艰难的旅程。

不久，他就走出了家门口的这条不大的马路，踏上了去南方的主干公路。

时不时就有车从他身旁经过。他不喜欢那些交通工具。他曾经在纽约和芝加哥经历过那种繁忙的交通。但是那时他的耳朵比现在敏锐，身体也比现在灵活。他尽可能沿着道路右侧十分小心地走着。

火车出现了，轰轰隆隆从他旁边擦身而过。他注意到铁路和公路是平行的。那一刻，他渴望地看着慢慢消失的火车，叹了口气。

"如果不是她们小气，把所有零钱都藏了起来，我本来可以买一张车票并坐上那班列车，和其他旅行者一样。"他嘀咕着，脸色暗淡了下来。可以想象，这个距离坐火车五个小时就足够了，现在不知道要走多少天。

但他只能放弃坐火车并补充说：

"反正也一样。这一次完全自由的旅行也是很有趣的。"

他渐渐感到了疲倦和饥饿。当他在路边找到一片有树荫的草地，便坐在树荫下休息。他从小包的口袋里拿出作为早餐的奶酪面包，然后打开了木篮，拿出了小刀。当他看到篮子里的东西时，他满意地微笑着。篮子里面放着一大块火腿、一些香肠、足够的面包和满满一大杯的奶酪。

昨晚，趁着两个女人都出去时，他在仓库里偷了全部食物。他尽可能巧妙地不留下任何蛛丝马迹，把食物放在他的篮子里，然后把篮子藏在木工房。

"我骗过了那些歹毒的人！"他心满意足地自言自语着，欣慰地看着篮子里的东西。他已经很多年没有吃过这些喜欢的食物了。

然而，他只切了一小块香肠，并和着几乎没有奶酪的面包吃了下去。

他盘算着：这条路有二百四十公里。在最好的情况下，一天能走三十公里，至少要八天才能走到，走那么长时间他需要足够的食物。

他产生了想家的念头。那些歹毒的人发现他偷东西了吗？如果发现了，她们也没有理由去木工房，因为他为厨房拿了许多木头。她们同样没有发现斧头和锯还在家里，只能到中午，才会惊奇地自问，他为什么不回家吃饭。几个小时之后，她们就会非常着急，并去森林里找他，只能到晚上，才能发现他已经离家出走了。但是她们无法猜到他跑到了哪里，她们找不到他，即使她们感到难过和着急，那也只是对她们恶劣行为的一种正常的回报。

他在那个地方休息了一个小时。离开之前，他给自己砍了一根桦木棍。

当和家之间有一定的安全距离时，他才放慢了脚步。他要节省力气，讲究策略地走，每走两三公里，就会休息一会儿。

这样他就不会耗尽自己的力气。他要走很长时间，才能找到可以喝水的河流，他也不敢向路边的住户讨水喝。

中午，他又吃了一点饭，然后在路边的森林里睡了一个半小时。

大约晚上六点，他开始感到身心疲惫。同时，他又感到高兴并有点自豪。他成功走了将近三十公里并完成了第一天的任务。

他停下来吃饭并开始自问，如何过夜。此时，他特别想喝咖啡。家庭自制咖啡难

以下咽，但能给他提供坚决离家出走的勇气。他看了看他的钱包，还能找出几枚硬币和一些小银币，能买得起一杯咖啡。

他继续往前走，没走几步就来到一个不起眼的小农舍。他走了进去，稍后，他就得到了一杯他很长时间都没有喝过的上等咖啡。他们不收钱，但他坚持要付钱，最后他们只好接受了几枚硬币。他们还想请他吃饭，但被他拒绝了。

他们问了关于他这次旅行的情况，他回答得简短而又恰当。当他说他要去看斯德哥尔摩的儿子时，他们大为惊讶。他解释说，他年轻时漂泊了很久，他想再次徒步旅行。

他也得到了在马厩的草料房里过夜的允许。尽管天还太早，但他还是立刻去了那里，因为他很累，并且他想第二天一大早就出发。

虽然他很疲倦，但还是没有马上入睡。白天过度的运动使他的小腿，甚至几乎全身都感到疼痛。脚上也起了水泡，磨破了，一碰就疼。这天所看到的景象在他的脑海里不停地盘旋着……

落日的霞光透过墙缝照耀出一道道光影。光影褪去，草料房里留下了一片黄昏，到处都静悄悄的，偶尔有过往的汽车打破宁静。他的痛苦也减轻了，白天的影像不再一一浮现在脑海。

然而他想到了自己的家。在他内心勾勒出那天早晨离开家时的画面。他想到了那里的活儿。他想到了那个傲慢、轻浮且不愿意工作的女儿，但最终她凭借自己的姿色吸引了一个年轻人并与他结了婚，之后他们搬到了外省，但愿她平安。她多次回家，也并没有给他带来多少快乐。

另一个是对儿子的记忆。当他蹒跚学步的时候，就和父亲一起在田野上、在树林中、在木场里，他也不是太勤奋。虽然当时他只是一个小男孩，但是当他的母亲开始悲伤和疲倦时，他却是一个好儿子，这也是他唯一的安慰。十八岁时他离开了家，离开以后，一年至少回家一次，在父亲心里，儿子的到来就像过节，但是在最近两年他没有回家，也不经常给父亲写信了，一年可以收到一两次他的信，他不喜欢动笔了。

在这两个女人折磨他的最后一年，他给儿子写了三封信，描述自己的状况，并且请他回家帮他。第一封信在没寄出之前就被这两个人给扣押了，接着就是令人失望、痛苦的日子。后来他更加谨慎，并且暗地里成功邮寄出恳求的信。因为没有收到回信，他又寄出了第二封信，但还是没有收到儿子的回信，或许信件遗失了。一周前儿子来信了，写给父母的，但是信里一点也没有回应父亲的请求，当时他突然就产生亲自去儿子那里一趟的想法。

清晨，他很早他就被鸡叫声吵醒。他想，今天也要走三十公里，是该走的时候了，但是他仍然半睡半醒地躺了很长时间。他抬不动腿，浑身难受。六点钟，他从草堆里起来，准备继续前进，但有几个好心人叫住了他，请他喝了咖啡，并给他吃了很多美味的面包。

然后，他一只手拄着新鲜的桦木棍，另一只手挎着灰色的食物篮子又上路了。但是现在他的步伐比第一天早晨慢多了。臀部疼痛难忍，双腿也迈不开步，磨破的脚还没有好。过了一会儿，有所好转，但是他再也走不动了。

几天过去了，他分不清今天是哪天，是什么日子，只是不断坚忍地拖着身子走着。他每走两三公里就休息一会儿，再继续走。他了就像在家里一样，到吃饭的时间就吃饭；渴了就喝小溪水或向路边的人家讨杯水喝，有时还会买杯咖啡；困了就睡在草堆里。

他一边走，一边回想起七十多年的家乡和遥远的西方。有时他也会完全忘记出走的原因和目的，短暂失忆几小时。但是在这里，他从记忆中苏醒，惊讶地看着周围的陌生风景，不禁自问为什么到这儿来。然后他恢复了意识，想起了那些女人和儿子。

在第四天晚上，他感到筋疲力尽并开始担心，如果人们注意到他的虚弱，就不会让他继续往前走。因此，他不敢投宿，而是在森林中寻找休息的地方。虽然天气很晴朗，但是几个小时后，他开始冻得发抖。他担心自己可能会生病，于是夜里休息了一会儿就启程。早晨，天渐渐暖和起来，他再也走不动了，就在离路稍微远一点的地方找到了一个休息场所，睡了大半天。

当天晚上他继续走着，但是走得越来越慢。他不再迷恋周围的风景，疲惫而浑浊的眼睛总是注目着大地，有时直视着前方。只有看到路标时，他才用手指着路标并查看里程。

第二天早上，他吃了最后一部分食物。

当天晚上，他来到一片广阔的、没有树木的草原。他的思维混乱，意识不清。他游荡在草原上，突然想起他来的目的是为自己挑选庄园。他将免费拥有这块土地，拥有这块古老国度四处难觅的肥沃土地。他为这次机遇感到高兴，但他仍然犹豫，有些顾虑。草原大得可怕，平坦，没有森林，没有湖泊，没有家乡的蓝色的山脉。不，即

使是免费，他也不想拥有这个庄园，他的家不在这里。

他的意识仿佛就在燃烧的梦中一般。在徒步穿过草原后，他回到了现实并恢复了记忆，他在去斯德哥尔摩儿子家的路上。他竭尽全力保持这种意识，但这种意识很快就消失了，他又来到了令人恐惧、无边无际的草原上。

大约在早晨五点钟，当太阳开始散发美丽光芒的时候，他再次清晰地意识到自己和自己的行程，与此同时他因筋疲力尽而倒下了。他拖着沉重的身体，来到离道路几米远、只有几棵小树的空地上。他不由得脱下鞋子，像往常一样长时间歇歇脚。他脱下夹克，把它盖在身上并把帽子卡在脸上。

几个小时后他醒了，夹克和帽子都不见了。要么是被流浪者偷走了，要么是谁的恶作剧，把它们藏了起来。老人找了很久，都没有找到，最后他坐在了地上。他习惯性地打开篮子，想找点吃的，但发现篮子已经空了，他才想起来储备的食物昨天就吃完了。

他一直坐在那里，忧愁又无助。最终他脱下已经成一块破布的长袜，把长袜扔到篮子里，然后他提起篮子继续赶路。

这不穿上衣、赤着脚的形象看起来有些奇怪，他摇摇晃晃，但是固执地一手提着篮子，另一只手拄着拐杖，在路右边的最靠外的地方不断向前走着。他的意识恍恍惚惚，似乎眼前什么也看不到。他脸上带着十分疲倦的表情，不修边幅，又脏又长的胡子非常吓人。孩子们看到他时，都害怕他，远远地躲着他；成年人看到他也会诧异，内心感到不安。

大约十点的时候，突然一个喊声叫住了他。

"喂！尼尔森，等一下，等一下。"一个声音在他身后喊道。一个不认识的人来到他身边，向他问好，询问他是不是约翰·尼尔森。

老人用英语回答，他是那约翰·尼尔森，除此之外他用同样的语言说了一些含糊不清的话。

"你想去哪里？"男子询问。

老人好像刚醒似的，唉声叹气，苦恼地看着自己眼前的这个人。

"抱歉！我刚才走神了，在我看来，我好像在别的国家。"他弱弱地说。"我是那么疲倦，仿佛在做梦，但是我没有睡觉。"他再一次澄清。

"但是你要去哪里？"

"我在去斯德哥尔摩的路上，去我儿子那里。"

"去斯德哥尔摩？你一定特别疲惫和虚弱，并且状况非常糟糕。"男人说，"可能你还生病了。"

"是的，我状况很糟糕。"老人小声说道，"我现在连鞋都没有，但无论如何，我必须坚持。"

"这种状况，你不能走完剩下的一百公里。有人请我找你，并把你送回家。当然我们不是步行而是坐火车。首先，你需要一些食物和一些其他的照顾。来吧！你只需要走半公里。但是如果你太虚弱，那么我开车来接你。"

老人开始全身颤抖，他似乎被吓到了。

"不要送我回家，不要强迫我回家！"他哭着请求，"那些女人会把我折磨得发疯的。让我走，我想去我儿子那儿，去我儿子那儿！"

检察官看着这个可怜的身影，非常理解他，觉得他不会无缘无故地离家出走，开始同情他。

他想了一会儿说："嗯，请你的儿子回家帮助你不是更好吗？"

老人的脸明亮起来，露出了笑容。

"如果你能安排我儿子见我，我很乐意回家。但是你必须确保……确保你能安排。"

当老人得到应有的照顾后，他就回到了检察官身边。

"我刚才给在你们区的检察官打了电话，他说，通知过您儿子了，他今天或明天就能回家。但现在您必须先睡觉，明天您就能回家了。"

第二天，老人恢复了体力，检察官可以让他在没有人陪同的情况下回家了。他们让他吃了顿丰盛的午餐，并给他准备了袜子、鞋子和夹克。他已经准备好了新的旅程。检察官把他送到了火车站，带他来到车厢，请求乘务员在他有需要的情况下多照顾一下他并提醒他在准确的站点下车。

车厢内人很少，他一个人无忧无虑地坐在一个靠窗的座位上，看着外面疾驰的风景。他似乎在观察、在沉思，但内心充满了喜悦和期待。不用三个小时，他就能到达他家的车站，就能见到他的儿子，就能和儿子一起踏上回家的路。田野、庄园、树木和教堂从他眼前闪过。尽管在徒步的最后几天里，他是如此疲倦和无助，一会儿到那儿，一会儿到这儿。尽管他充满了期望和喜悦，但在他旅行的过程中，一个地方随着一个地方消失在他身后，他感到了一丝忧郁和伤感。

平原过去了，出现了一些高地和低矮的山坡，还有大片大片的森林。这是他的故

土，是他梦寐以求的家乡。

火车到站的前十五分钟，他就从行李架子上取下篮子，放在双膝上，手里紧握着拐杖。五分钟后，他才起身向车门走去，然后站在那里等着。

火车停了下来，他下了火车。他在站台上停了一会儿，环顾四周。看，他的儿子来了！

他迅速地把篮子和木棍放在地上，脸上露出了喜悦的神情，张开了双臂，他上前走了几步，迎接儿子。

"啊！是你，埃里克，是你！你不知道我有多高兴！"他想拥抱儿子，但儿子握住他的手。

"早上好，父亲！您好吗？"

"很好，很好，没有什么事！现在，我可以像个小伙子一样能蹦能跳。"

"嗯，嗯，保持镇定是明智的选择。等一会儿，我打电话订车，五分钟后就会到来。"

"不！不要叫车！"父亲坚决地说，听到此话儿子就停了下来，"我们完全可以轻松地走回家，没有人催促我们。"

儿子打量着他。

"也许你可以。但是，有人开车来了。"

"你说什么？步行是很蠢的。""不，不，埃里克，能用自己的脚走回家比任何方式都好。并且我想和你一起走走，像许多年前一样，我们一起聊聊天。"

儿子让步了，但是他的表情表明他不愿意步行。

"也许你担心我走得太慢，但是这一次你也可以走得慢一点。对我来说，能和你一起走走是非常开心的，并且我们能够静静地谈谈。"

几分钟后他们就离开了车站，进入一条树木繁茂的窄道。

白桦树下凉爽宜人，树荫使老人疲倦的眼睛得到了休息。路上有一些车轮轧痕，但很平坦。因为行人不多，路上长满了草，脚踩着很舒服。

"你不觉得，来这儿很舒服吗？"他说着转向儿子，"这与又硬又脏的公路可是两码事。"

"嗯，我想你已经体验了公路的旅途。你无影无踪地消失是愚蠢的，这样做会给别人带来很多麻烦。"

"愚蠢，愚蠢？我带来麻烦！这话是你说的吗？好吧！一定程度上来说你是对的！但是我以前做了什么？我的话对那两个女人来说已经没有用了，她们也不听了。我无法在这样的气氛中生活下去。我才想去找你寻求帮助，埃里克！"

"但是，您本可以找到更好的方法来解决此事。您可以跟邻居说说这事。"

"不，埃里克，即使再好的邻居和朋友我都不能说这件事，我不想。另外我也尝试了其他方法。我给你写了三封信。第一封信被她们扣下了，我因此受到了惩罚。后来我又偷偷给你寄了两封信。你没有收到吗？"

"不，我收到了。" 儿子回答，他拉长了声音，仿佛在记忆里寻找，"是的，您在信里的确提到过此事，但是我觉得，你说得过分了，您写信的时候情绪有些激动，所抱怨的事情没有那么严重。而且呢，我还是这么想的：如果我现在给母亲写信责怪她，无论父亲的抱怨是否正当，她都会对父亲更不好。这样我只会把事情搞得更糟。"

"啊，你是这么想的。"老人说，"嗯，确实，你也可以这么想。但是我不是也想让你回家吗？"儿子点了点头。

"您做了这样的事，但是您要知道，我还有自己的工作，离开工作并不容易。我想，你可以再等等。只要我能走开，我会立即开车回去。说实话，我其实想夏天开车回家。如果您能等仅仅几个星期……"

"是的，是的。"老人轻声说道，"看来我的行为有点愚蠢。"

然后他低下头，默默地走着。放慢节奏的儿子走在他身旁，一根接着一根地抽着烟。

"可是父亲，现在您应当高兴了。"当父亲一言不发时，儿子突然说道，"从今以后，您将在家里安享晚年，不会受到母亲和姨妈的刁难。"

"真的吗？"父亲带着一丝高兴，但不敢相信。

"确定！"儿子断言，"首先，她们因为你的出走感到害怕，她们几乎不占理。然后高级检察官和一些权威人士来了，谴责并警告她们不要再用那种方式对待你。最后她们还要过我这一关。"

"好的，好的，如果是这样的话，"老人喃喃低语并向他儿子鞠躬致谢说道，"因为我年纪太大了，无法以这种方式交流。"

然后他默默地走了，慢慢思考着什么。

"看，父亲，我不订汽车是愚蠢的。看看你现在多累！"

老人似乎没有听到这句话，转头问儿子：

"你要在家待多久？"

"唔，您也知道，我要尽快回去，接您回到家中并且将一切安排好后，后天我必须乘车回去。不能占用太多的工作时间。"

"是的，我知道。可能你夏天还会回来，好像你说过这个事。"

"嗯，我不知道。我已经购买了车票，也耽误了工作。但我们就要看到……"

"是的，我们就要看到……我知道，走那么慢拖累了你，因此我想加快步伐。曾经我很擅长徒步行，现在仍然不差。"

老人挺直腰板开始快步行走，儿子立马就找到完全满意的节奏。但是老人的脸变得僵硬并咬紧了牙关。

他们再也没有说话，马上就要到家时，儿子说："父亲，您对我不满意！"

父亲放慢了脚步并转向儿子。他保持笔直的站姿，尽管头像以前一样微微颤动，脸上的表情却坚定而又诚恳。

"我们的关系不像以前融洽了。"他说，"但是每人都有自己的天性，我无权判断你，因为你与我想法不同。不过，你来找你的父亲是一件好事。"

当他们来到院子的时候，妻子见到她的丈夫，小跑过去，抓住他的手并低声说：

"啊，你健康地活着回来了！感谢上帝保佑你！但是你怎么能一个字都不说就离我们而去呢？你无法想象我们多害怕，多担心你。直到昨天，我们都没有睡过一个好觉，一直在哭。"

之后他的大姨子走过来，和以前一样给他打招呼，只是更加拘谨了。

老人什么也没回答，只是自言自语说了一些无聊的话。

小猫突然跑了过来，亲昵地蹭着他的双脚。老人立刻弯下腰，把猫捧在手上，抚摸着它，开始像与小孩一样跟它聊天。

"好吧，小灰猫！你现在好吗？你这段时间都干了什么？是的，是的，我离开了你，但是你不能走那么远的路，你要明白。"

"哦，对了，"妻子说，"那只猫这段时间一直很伤心，也不想吃饭，只是四处乱跑，到处张望，喵喵叫得撕心裂肺。"

他们紧挨着坐在桌旁等待午餐。午餐很丰盛，很好吃。他们后来喝的咖啡味道也不错。

当他们从桌旁站起来时，"你躺下来休息一会儿吧！"妻子说道。

"不，我不累！"他喃喃自语并坐在了厨房的沙发上。小灰猫立刻跳到他的膝盖上，躺在那里。老人爱抚着它，很快小灰猫就满意地闭上了眼睛。但是老人却坐着若无其事地思考起来，就这样沉默了一刻钟。

坐得时间长了，他感觉越来越无聊。他回头转向妻子，仿佛他想起了自己遗忘的事情并问道：

"木工房里还有木柴吗？"

"有。"妻子的声音再次响起，"够两三天的。"

"但是我要出去。我想看看地里怎么样了。"

他起身出去，猫跟着他。

他首先走进了花园，园中苹果树枯黄的叶子落到地上，他折弯了一根枝条，拉到自己眼前，看看苹果。他看了灌木丛、菜地和花儿。接着他来到地边，观察农作物：土豆、萝卜、谷子、草料。那只猫像狗一样一直跟着他。

观察完以后，他坐在麦田边，环顾周围，望向远方。偶尔他低头，好像是和躺在自己膝盖上的猫聊天。

后来他慢慢站起来，似乎在向木工房的方向走去。他走到那里，几分钟后就传来了斧头的声音。

作者：伦霍尔姆·斯特兰（Stellan Engholm），汉译：集体

塞尔维亚·世译诗歌/童话

• 去往伊萨的路

特夫卡·科兹·普雷拉多维奇

一

从巴尼亚卢卡

到伊萨的途中

一切令人耳目一新

我口袋里有兹米杨耶的印章

额头上刻着

希腊字母

祝愿旅途愉快

这种新方式

像我一样沉默

二

一切对我只是XY的标记

人在旅途

到半路上

我却突然改变节奏

问徒步旅行的女子

从维也纳到科契奇

都比我们自己的布尔奇科

差了很多

而且心里不会那么苦

感慨良多

三

尘土使去伊萨的路人窒息

包括我自己——城市

空旷、无人

其中一处，我兄弟死了

报丧的声音

从城里传出

他说，这很危险

应该让我保护你

此刻正是

死亡之时

四

死亡时间在去伊萨的途中

我游荡在最后这些路人中

时间哼出颤音的歌儿

后来儿子在窗台成长

一切在旋转

梦魂颠倒……

儿子

在我的克拉伊纳

最美的歌

从走廊传出

五

从巴尼亚卢卡到伊萨的路上

确实有新欢

也有新希望

如果我同路

能再次回来

在我的额头

也印上字母

用XY标记

我会再一次歌唱

呼吸

相爱

世译：黛尔·默罕默德·布特（Adeel Mahmood Butt），汉译：胡国鹏

•金苹果树与九只雌孔雀

从前有一个国王，他有三个儿子。宫殿前有一棵金苹果树，每天晚上都开花结果，可是金苹果总会不翼而飞，但是无论如何都不知道是何人所为。

有一次，国王对他的儿子们说："我们苹果树上消失的金苹果都去哪里了？"他的大儿子说："我今晚去守护这棵苹果树，看看是谁偷了金苹果。"

当夜幕降临的时候，大儿子就躺在苹果树下看护。可是当苹果已经开始成熟的时候，他就睡着了。当他醒来的时候已是黎明，当再去看时，苹果已经不见了！他回去原原本本地向国王讲述了这一切。

这时国王的二儿子提议由他去守护苹果树，但是发生在他身上的一切都如同第一个儿子一样，他也在苹果树下睡着了，当他醒来的时候已是黎明，再去看时，苹果已经不见了！

现在轮到最小的儿子来看护苹果树了，他来到苹果树下支起一张床躺下睡觉，将近午夜时分，他就醒了，开始盯着苹果树。看！苹果已经开始成熟，光芒已经照亮了整个宫殿。与此同时，飞来了九只金色的雌孔雀。八只落在苹果树上，第九只降落在了小王子的床上。此时第九只孔雀立刻变成一个漂亮的年轻女子，宫中的所有女人都没有她漂亮。

他们互相拥抱并亲吻着对方，这样一直到后半夜。这时这位年轻女子站起来感谢小王子让她摘苹果，小王子请求雌孔雀在离开的时候至少要留下一个苹果。她留下了两个苹果，一个留给小王子，另一个留给小王子的父亲。这时年轻女子又变成了雌孔雀，和其他雌孔雀一起飞走了。

一大早，小儿子就给国王带来了两个苹果。国王非常高兴并夸奖了他的小儿子。

等到夜幕再次降临的时候，小儿子又来看护苹果树，与昨天一样，第二天白天他再次给国王带来两个金苹果。

之后的几个夜晚，小儿子都是如此，他的兄弟们开始嫉妒他，只因他们不能像小王子一样在每天夜晚成功地看护苹果。他们找到了一个卑劣的老太婆，她答应他们

去监视小王子是如何看护苹果的。当夜幕降临的时候，那个老太婆偷偷地来到苹果树下，并钻到床下。

小王子来了，像之前一样躺在床上。

午夜之时，飞来了九只雌孔雀！八只降落在苹果树上，第九只孔雀降落在小王子的床上，变成了一个年轻的女子。藏在床下的老太婆紧紧地抓住这个女孩从床上垂下来的辫子并剪掉了它。这个姑娘立刻从床上跳起来又变成雌孔雀飞走了。之后，其他的雌孔雀也都飞离了苹果树，随她而去，不见了。

小王子这时也跳起来并开始哭喊："这是怎么回事？"

他看到床底下的老太婆。小王子抓住她，把她从床下拉了出来，第二天就下令把她五马分尸了。

雌孔雀再也不到苹果树这里来了，所以小王子经常难过、流泪。最终他决定去寻找他的雌孔雀，找不到他就不回来。当小王子将他的决定告诉父亲时，父亲劝他不要去找，他可以在宫中给他找一位让他心仪的年轻女子。但那一切都是徒劳，小王子还是决定收拾行囊和仆人一起出发去寻找他的雌孔雀。

他就这样在外游历了很久。有一次，小王子来到一片湖，在那里他找到了一个富丽堂皇的宫殿。宫殿里住着年迈的女皇和她的女儿。小王子问老女皇："以上帝的名义，老奶奶，您知道九只雌孔雀吗？"

老女皇说："哦，孩子，我知道她们。她们每天中午都来这片湖里沐浴，放下她们吧！看看我漂亮的女儿和无穷的宝藏，这一切都属于你。"

但是急于见到孔雀的小王子，甚至不愿意听老女皇讲她年轻女儿的事。

第二天早晨，小王子起来就到湖边等雌孔雀。但是老女皇贿赂了小王子的仆人，给了他一根用来吹火的风管，对他说："你看着这个吹风管，当你们来到这片湖的时候，你悄悄地往他的脖子上吹一下，他就会入睡，那样他就不能和雌孔雀说话了。"

仆人照做了。当他们来到那片湖时，仆人找到机会用那根吹风管对着小王子的脖子轻轻地一吹，可怜的小王子立刻就入睡了，犹如死去一般。

他刚入睡，九只雌孔雀就来了。八只雌孔雀降落在湖中，第九只雌孔雀降落在小王子的马上，开始拥抱并唤醒他："起来，我的恋人！起来，我的心肝！起来，我的灵魂！"但是小王子已经完全没有意识了，仿佛他已经死了。

沐浴后，九只雌孔雀都飞走了，这时小王子醒过来了，并问他的仆人："发生了什么事？她们来了吗？"仆人回答道，她们来了，八只雌孔雀降落在湖中，第九只降落在小王子的马上，她拥抱并试图唤醒他。听到这些，可怜的小王子极其伤心。

第二天早晨，小王子再次准备与仆人一起骑马去湖边的凉亭散步。仆人再一次抓住时机，用吹风管轻轻吹向小王子的脖子。与此同时，小王子又睡了，仿佛死去一般。

他刚入睡，就看见在这里出现了九只雌孔雀。八只降落在湖中，第九只飞到小王子的马上，她开始拥抱小王子并唤醒他："起来，我的恋人！起来，我的心肝！起来，我的灵魂！" 但是一切都是徒劳的。他睡着了，如同死去一般。这时她告诉仆人："告诉你的主人，明天他还可以在这里遇到我们，以后他与我们就不会再见了。"雌孔雀们又飞走了。当雌孔雀飞走后，小王子醒过来了。他问他的仆人："他们来了吗？"那个仆人回答道："他们来了，并说您明天仍然可以在此地见到他们，以后他们就不会来了。"

可怜的小王子立刻被这话语弄蒙了。他不知道怎么做，他为此忧心忡忡。

第三天早晨，在天亮的时候，小王子再次来到湖边，端坐在他的马上。但他不想牵着马缓慢地散步，而是让马慢跑，这样他就不能入睡了。但那个仆人再一次找到机会，用吹风管轻轻吹向小王子的脖子。小王子立刻从马上跌落下来并昏睡过去。他刚入睡，九只雌孔雀就向这里飞来，八只降落在湖中，第九只降落在小王子的马上，之后她开始唤醒并拥抱他："醒醒，我的恋人！醒醒，我的心肝！醒醒，我的灵魂！"但这是徒劳的。他如同死去一般睡着了。

这时雌孔雀对那个仆人说："在你的主人醒来的时候，告诉他把上边的东西弄倒至下面，他就能找到我。"

在那些雌孔雀飞走后，小王子醒了并问那个仆人："她们来了吗？"那个仆人回答："她们来了，降落在您马上的那只雌孔雀告诉我，让我禀报您，当您把上边的东西弄倒至下面时，您就能找到她。"

听到这个，他立刻抽出腰刀砍下了那个仆人的头，然后他独自一人周游世界去寻找雌孔雀了。他游历了很久，走进了山林，发现了隐士的住处。小王子问他有关九只雌孔雀的事。这位隐士回答："嘿，我的孩子，这是仁慈的上帝给你的好机会。她们从这走了不到半天。你只需直走，就可以看见一个大门，穿过大门，往右边走，你就会来到她们所在的宫殿。"

第二天拂晓，小王子动身准备出发，他谢过隐士，按照隐士所指引的路线前行。

行走了一段时间，他来到大门处，通过大门时就开始往右走。大约到了中午，他看到了一座白色的城市，小王子开始高兴起来。进入那座城市，他一路询问并找到了雌孔雀的宫殿。

当他来到宫殿门前，守门的士兵拦住了他。他们问他是谁，从何处来。小王子如实回答。守门的士兵们立刻去禀告女王。听到这些，女王屏住呼吸跑到小王子面前，以年轻女子的模样与他相见。她挽着他的手臂，领着小王子进了宫殿。他们愉快地过了一些日子，后来就结婚了，幸福地生活在她的宫殿里。

后来过了一段时间，女王要出去散步，小王子留在宫殿里。出发前，她给了小王子十二把地窖的钥匙，并且告诉他："这里所有的地窖你都能去，但是第十二个地窖绝对不能去，不能打开它，因为那样你会丢失性命。"

她离开后，小王子独自留在宫殿中，他开始想：十二个地窖中有什么东西？他开始依次打开地窖，来到第十二个地窖时，他一开始不想打开，但他又有强烈的好奇心：那个地窖里面会有什么？最终他打开了第十二个地窖，他看到在地窖中间放着一只大桶，桶上有许多大铁环，并有声音从桶中传出："看在上帝的份上，兄弟，我快要渴死了，请你给我一杯水吧！"

小王子拿着装满水的杯子，并把水倒入大桶中，但他刚把水倒进去，大桶上的一个大环发出了破裂声。这时大桶里又传出了声音："看在上帝的份上，兄弟，我快要渴死了，再给我一杯水吧！"

小王子又倒了一杯水，大桶上另一个大环也发出了破裂声。大桶里第三次传出了声音："看在上帝的份上，兄弟，我快要渴死了，再给我一杯水吧！"小王子又倒了一杯水，三个大铁环都发出了破裂声。这时大桶倒下，飞出了一条龙，龙飞出宫殿把在路途中的女王抓走了。

后来侍女们赶到并向小王子禀报了发生的一切。可怜的小王子，因为忧愁而手足无措，最后他决定离开这里再次去全世界寻找她。在外游历了很长时间，一天他走到一处水边的凉亭，他看到小鱼在水坑中挣扎。看到小王子，小鱼开始乞求："兄弟，看在上帝的份上，把我扔进水中吧！你某天会需要我，撕下我的一片鳞，当你需要我时，只需摩擦一下鳞片就可以。"小王子拿着小鱼，撕下它的一片鳞，把小鱼扔进水里，并把鳞片放进一块布中。

小王子在外行走了一段时间，他碰到一只狐狸，这只狐狸掉到陷阱中了。看到小王子，那只狐狸说："兄弟，看在上帝的份上，把我从陷阱里放出来吧，你某天会需要我，拔下我的一根毛，当你需要我时，摩擦一下狐狸毛。"小王子拔下一根狐狸毛并把它从陷阱里放了出来。

小王子又经过了一座山，他碰到了一只掉入陷阱的狼。看到小王子，这只狼也对他说："兄弟，看在上帝的份上，放了我吧！我也会帮助你，拔下我的一根毛，当你需要我时，只需摩擦一下狼毛。"小王子拔下一根狼毛并放了这只狼。

之后小王子又旅行了很久，遇到了一个男人。小王子问他："兄弟，看在上帝的份上，你有没有听说哪里有龙王的宫殿？"那个男人告诉他应在何时到龙宫。小王子谢过男人继续赶路。之后经过很多努力，最终找到了龙的城市。进入龙宫，小王子找到了他的妻子，当他们重逢时，他们两人都特别高兴。他们开始商量该如何逃脱。最终他们决定逃跑。他们准备了一下，为了尽可能最快离开，他们骑马逃跑。

他们刚从宫殿逃离，龙就回来了。他走进宫里发现那个女王不见了。这时他对他的马说："现在我们干什么？是吃饭还是去追赶他们？"那匹马回答："吃饱喝足后再去追，不用担心。"

吃饱后，龙骑在马上，开始追赶他们。小王子离开不久，龙和他的马立刻就追上了他。龙抓住女王，将她与小王子分开，并对小王子说："看在上帝的份上，你走吧！现在我原谅你，因为你在地窖里给我水喝。但不要再回来了，如果回来，你亲爱的女王会没命的。"

可怜的小王子，就这样走了，走了一段路程，他还是无法违背自己的心意，又返了回来。第二天他重回龙宫，找到了独自端坐在龙宫垂泪的女王。当他们重逢时，他们再次商量如何逃脱。这时小王子说："那条龙回来的时候，你问他怎样得到那匹马，然后你告诉我，我也找一匹相同的马，为了我们不再分离。"

小王子离开龙宫后，那条龙回来了。她开始对他献殷勤，并对他说各种甜言蜜语。直到最后她对龙说："你是怎么拥有这么快的马的？你从哪里得到的？是靠上帝吗？"龙回答她："在山上有个老女人，她的马厩里有十二匹马。人们不知道它们当中有一匹马比其他的马更漂亮。但是这匹马在角落里，看起来是劣马，人们觉得它有病，但它是最好的。它是我的马的兄弟，谁得到它就可以乘着它去天空。但是谁想要从老女人那里获得这匹马，就必须为她服务三天。那个老女人还有母马和小马驹，那个人必须为她看护三个夜晚，三个夜晚后，就有权从老女人那选取任何一匹马。但被老女人雇佣的三天内，保护不好母马和幼马，他就会丧命。"

次日早晨，当那条龙离开家时，小王子来了，女王告诉了小王子她从龙那里得到的信息。小王子到了老女人所在的山中，来到老女人住处，小王子与她打招呼："上帝保佑您，老奶奶！"

老女人回礼："上帝保佑你，孩子！你想要什么？"小王子对她说："我愿意在您这里服务。"这时老女人对他说："可以，孩子。如果你能看护我的母马三天，我可以给你想要的马。但是你若看护不好，我就取你的人头。"

于是她带领着小王子进入屋子，屋子中间有很多竖立的木桩，在另一边，每个木桩上面都是人头。只有一个上面没有，那个木桩不停地叫喊："给我头，奶奶！"老女人给小王子看了这些并对他说："你看，那些都是看护不好母马的雇工。"

但是小王子没被这些吓倒，他留下来为老女人工作。

当夜幕降临的时候，他骑在母马上，开始往外走，马驹紧随其后。大约在半夜，困意袭来，骑在母马上的小王子睡着了。当小王子醒来时，他发现自己骑坐在某个树干上，手里握着缰绳。

看到这个，他开始感到恐慌起来，赶快去寻找母马。在他寻找母马期间，突然遇到一个水塘。看到水塘，他想起那条从水坑救出又扔到水中的小鱼。他取出包布中的小鱼的鳞片，在指间摩擦了一下，那条小鱼突然出现在水中："有什么事吗，好兄弟？"小王子回答："老女人的母马从我这里逃跑了，我不知道她跑到哪里去了。"

小鱼说："看，她在我们中间，她变成了鱼，小马驹变成了小鱼，但你可以用缰绳击打水面说，'停下来吧，啊，老女人的母马！'"

这时小王子开始用缰绳击打水面说："停下来吧，啊，老女人的母马！"母马立刻重新变回原先的样子，接着小马驹也走上了岸。小王子给母马安上辔头，他骑着母马并牵着母马旁边的小马驹一起返回。当他返回时，老女人给他准备了晚餐，然后骑着母马来到马厩，用火棍戳它："混在鱼群中的混蛋！"

母马回答老女人："我确实混在鱼群中，但鱼群是他的朋友，他们背叛了我。"

老女人再次告诉母马："到时候混在狐狸群中！"小王子无意间听到了她们的对话。

夜幕降临前，他骑着母马到郊外，小马驹跟在母马旁边小跑。大约到了半夜，困意袭来，小王子睡着了。当他醒来时，他发现他骑坐在某个树干上并手握缰绳。看到这些，他开始感到恐慌，赶快去寻找母马。但他立刻想起老女人对母马所说的话，他拿出布中的狐狸毛开始摩擦，他立刻看到那只狐狸出现在他的面前："有什么事吗，好兄弟？"小王子回答："老女人的母马从我这里逃跑了，我不知道她跑到哪里去了。"

狐狸回答他说："看，她在我们中间，她变成了母狐狸，小马驹变成了小狐狸，你可以用缰绳拍打土地说，'停下来吧，啊，老女人的母马！'"

这时小王子用缰绳拍打土地，说："停下来吧，啊，老女人的母马！"母马立刻重新变回原先的样子，接着和它在一起的小马驹也出现在他的眼前。这时小王子给她安上辔头，骑在母马上与在母马旁边的小马驹一起返回。当小王子回来时，老女人给他准备了午餐。她骑着母马来到马厩，用火棍戳它道："混在狐狸群中的混蛋！！"

母马回答："我在狐狸群中，但狐狸中有他的朋友，他们背叛了我。"那个老女人说："到时候混在狼群里！"

当夜幕降临前，小王子骑着母马到郊外，小马驹跟在母马身边小跑。大约到了半夜，困意袭来，小王子在母马背上睡着了。当他醒来时，他发现他骑坐在某个树干上并手握缰绳。看到这些，他开始感到恐慌，赶快去寻找母马。他拿出布中的狼毛开始摩擦，那匹狼立刻出现在他的面前："有什么事吗，好兄弟？"小王子对狼说："老女人的母马从我这里逃跑了，我不知道她跑到哪里去了。"

狼说："看，她在我们中间，她变成了母狼，小马驹变成了小狼崽，你可以用缰绳击打土地说，'停下来吧，啊，老女人的母马！'"

这时小王子用缰绳击打土地说："停下来吧，啊，老女人的母马！"

母马重新变回原来的样子，并立刻和幼马一起出现在小王子面前，这时小王子给马安上辔头，骑着母马上路，与在母马旁边的小马驹一起返回。当他返回时，老女人给他准备了午餐。她驾着母马来到马厩，用火棍戳它说："混在狼群中的混蛋！"

母马回答她说："我确实在狼群中，但是狼群中有他的朋友，他们背叛了我。"

这时老女人走到外面，小王子对她说："老奶奶，我衷心地为您服务，现在按照我们的协议给我想要的东西。"

老女人回答："孩子，我会遵守诺言。看！你可以选取十二匹马中的任何一匹。"

小王子对老女人说："给我那匹在角落的劣马吧！我不要这些骏马。"

这时老女人开始劝说他："你为什么要那匹劣马？这里有这么多骏马！"但小王子坚持说："给我那个我想要的，这样是遵守约定。"

老女人无法拒绝，给了小王子那匹劣马。小王子向老女人道别并离开，手握缰绳驾着马来到某个树林，他擦拭整理马毛。那匹马的毛仿佛闪耀着金光。这时他骑上马，让它以极快的速度起飞，就如同鸟儿一般。之后只需片刻他便来到了龙宫，进入龙宫，小王子立刻告诉女王："你以最快的速度准备。"

他们快速地准备好，两人都骑在那匹马上出发并祈祷上帝保佑。一会儿，当龙回来时，看见女王不见了，他对他的马说："我们现在干什么？是吃饭还是在后面追赶？"那匹马回答他："不论你是否吃喝或者是否在后面追赶，你都无法追上他们。"

听到这些，龙立刻骑在马上，在他们后面追赶。看到后面的龙追赶他们，他们开始感到害怕，并令马跑得更快，但那匹马回答："不要害怕，不需要逃跑。"

但是，那条龙快要追上他们了，龙身下的那匹马对小王子和女王身下的那匹马叫喊："你我是对上帝发过誓的兄弟，等等我，我在你后面追得快要断气了。"

小王子和女王身下的那匹马回答它："你为什么带着那条龙，傻瓜！停下来，转动身体，把他扔到岩石下面，然后跟我走，一起走！"

听到这些，龙身下的那匹马全身开始摇晃起来，突然停下来，把那条龙扔到了岩石下面，龙被摔得粉身碎骨。那匹马跑到他们这边，女王骑在马上，他们快乐地到达她的国家并一直统治着那儿，直到生命的终老。

选自《塞尔维亚文选》（世界语），作者：兹科沃·伊万诺维奇（Žikvo Ivanoviĉ），汉译：商艺

斯洛伐克·世译童话

·十二个月份兄弟

　　以前有个女人，她有两个女儿：一个是她的亲生女儿，另一个是她的继女。她爱她的亲生女儿，不喜欢那个继女，甚至不想看见她，因为继女玛丽娜比她的亲生女儿霍莱娜漂亮。玛丽娜都没有意识到自己的漂亮，所以她不知道继母为什么总是对她紧皱眉头。她以为自己可能在某些事情上没能让继母满意。因为她的亲生女儿霍莱娜不停地打扮，不断地换衣服，不是在房间里走来走去，就是到街上闲逛，她只好包揽了所有的家务，打扫卫生、洗衣做饭、刷盘洗碗、编织缝衣、割草挤奶，但继母还是每天都骂她。

　　她耐心地忍受着这一切，但无济于事，因为情况一天不如一天。玛丽娜越来越漂亮，而霍莱娜却变得越来越丑。突然，母亲想到：为什么我家里有个这么漂亮的养女？等媒人上门说亲时，她们就会立马喜欢上玛丽娜，甚至都不愿多看一眼霍莱娜。在这个问题上，她和霍莱娜想得一样，于是她们想出了老实人从来都想不出来的办法。

　　有一次，刚过完年，外面非常寒冷。霍莱娜想闻紫罗兰的味道。所以她说：

　　"玛丽娜，到森林里为我采一小束紫罗兰吧！我真的很想闻紫罗兰。"

　　"哦，亲爱的姐姐！你脑子里都在想些什么呀？谁听说过紫罗兰长在雪地里？"可怜的玛丽娜说。

　　"你这个肮脏的女人，你这个懒惰的废物，你怎么敢这么说话？"霍莱娜生气地吼她。

"如果是我命令你，你就得去！立刻、马上就得去！如果你从森林里带不来紫罗兰，我就杀了你！"她威胁道。继母把玛丽娜从房子里赶了出来，紧跟着就拴上了门。

女孩哭着走进了森林。高大的森林中到处都是雪，甚至没有人的足迹。她走啊走，走了很久很久，她饱受饥饿的折磨，在刺骨的寒风中冻得瑟瑟发抖。她请求上帝把她从这个世界上带走。突然，她看到远处有一束光，她向光亮的地方走去，就来到了山顶。那里有一团大火在燃烧，周围有十二块大石头围成一圈，每块石头上都坐着一个人，共十二个人。其中三个人白发苍苍，另外三个人年轻一点，还有三个人更年轻，剩下的三个人是最年轻的。他们安静地坐着，沉默不语，目不转睛地注视着火光。这十二个人代表十二个月份。最高的石头上坐着年老的一月，他的头发和胡子像雪一样白，手里还拿着一根权杖。玛丽娜开始害怕，整个人都僵硬起来。但后来她鼓起勇气，走近他们请求道：

"好心人，求求你们，我想取个暖，因为我在严寒中冻得发抖。"

大一月点了点头，问她：

"小姑娘，你为什么来这儿，你在找什么？"

"我来找紫罗兰。"玛丽娜回答道。

大一月说："现在可不是找紫罗兰的时候，到处都是雪。"

"是的，我知道，但是我的姐姐霍莱娜和继母要求我从森林里带回紫罗兰。否则，她们会杀了我。求求你告诉我，在哪儿能找到紫罗兰？"

这时大一月站了起来，手里拿着一根权杖，走向年轻的月份，说道：

"三月兄弟，坐到我的位置上！"

三月坐在了最高的石头上，用权杖在火焰上摇晃了一下。火烧得更旺了，雪开始融化，树木发芽，树下的草吐出了绿芽，草地上各种花朵含苞待放。春天来了。就在灌木丛中，藏在树叶下的紫罗兰盛开了。玛丽娜还没有发出惊讶声，地面就像是铺上了蓝色的地毯。

"快采摘吧！玛丽娜，要快！"年轻的三月劝告她。兴奋的玛丽娜采集了一大束紫罗兰。她谢过十二月兄弟后就匆匆回了家。

看到她带着紫罗兰赶回家，霍莱娜和继母都大吃一惊。她们打开门，紫罗兰的香气立刻充满了整个房子。

"你从哪摘来的这些紫罗兰？"霍莱娜神情倨傲地问道。

"在大山的山顶，那里有很多紫罗兰。"玛丽娜小声回答道。

霍莱娜从她的手中抢过花束，别在自己的腰带上，让母亲闻闻，但她并没有对她的姐姐说一句："闻一闻吧！"

霍莱娜坐在炉子旁，突然想吃草莓。她说：

"玛丽娜，到森林里给我摘草莓去！"

"亲爱的姐姐，你是怎么想的？你听说过雪地里长草莓吗？"

"你这个肮脏的女人，你这个懒惰的废物，你怎么敢这么说话？"

"如果是我命令你，你就得去！立刻、马上就得去！如果你从森林里带不来草莓，我就杀了你！"霍莱娜威胁道，说着就把玛丽娜推到了门外并关上了门。

女孩哭着跑进森林。大雪漫山遍野，了无人迹。她徘徊了很久很久，请求上帝将她带离这个世界。突然，她再次看到了前一天看到的光。她再次来到火焰旁，走近这光芒。那十二个人——十二个月份仍围坐在火光周围，最上面是大一月，他留着大胡子，手里拿着权杖。

"好心人，求求你们，我想取个暖，因为寒冷我已经快要冻死了。"

大一月点头同意，并且问她：

"你怎么又来了，我的女孩，你还找什么呢？"

"我来采摘草莓。"女孩回答。

"唉，现在是冬天，雪地上实在长不出来草莓。"

"是的，我知道。"玛丽娜愁眉苦脸地说，"但是姐姐霍莱娜和继母命令我给她们采摘草莓，如果我没有给她们带来草莓，她们会杀了我。我请求您告诉我，在哪里可以找到草莓？"

这时大一月起身，走到坐在对面的月份旁边，把权杖给他，并且说：

"六月兄弟，坐到我的位置上去！"

六月坐在了最高的石头上，在火上挥舞着权杖。熊熊大火高了三倍，大雪瞬间融化，树上的叶子全都出来了，鸟儿鸣叫歌唱，夏天到了，处处都是花儿。灌木丛下，好像有人在播种白色的小星星，而这些星星逐渐变成了草莓，而且已经成熟了。玛丽娜还没有惊讶完，地上就像洒满了鲜血一样。

"快点采吧，玛丽娜！"迷人的六月告诉她。

高兴的玛丽娜采集了几乎满满一围裙的草莓。她非常感谢这些月份兄弟，并赶紧回家去了。

霍莱娜大吃一惊，继母惊讶地看到她带着几乎满满一围裙的草莓回家。

她们拿出草莓，香味充满了整个房子。

"你在哪里采集的？"霍莱娜高傲地问。

玛丽娜小声回答：

"它们长在那里的高山上，那里很多。"

霍莱娜拿起草莓，吃了个饱，她的继母也吃了个够，但她们没有让玛丽娜吃一颗草莓。

霍莱娜变得贪得无厌，第三天她又想吃苹果了。

她命令道："玛丽娜，走进森林，给我带来些红苹果！"

"哦，亲爱的姐姐！你的脑子里在想什么？你听说过苹果在冬天成熟？"

"你这个肮脏、懒惰的女人，如果我命令你，你就不能反抗！快去森林，如果你给我带不来红苹果，我会杀了你！"霍莱娜威胁她。

继母把玛丽娜推出了屋子，在她身后关上了门。

女孩哭着走进了森林。雪覆盖了大部分的高地，那些地方无人涉足。

她徘徊了很久，很久，她饥肠辘辘，瑟瑟发抖。她请求上帝将她从这个世界上带走。看，突然她看见不远处的火光。十二个人，十二个月份兄弟，围绕着火光坐着。

大一月在最前面，手里拿着权杖。

"好心人，请让我暖和暖和，因为寒冷我已经快要冻死了。"

大一月点头同意，并且说：

"你怎么又来了？孩子？"

"我来找红苹果。"女孩回答。

"这是冬天，冬天没有红苹果。"大一月说。

"是的，我知道。"玛丽娜愁眉苦脸地说，"但是霍莱娜和继母威胁我，如果我从森林里给她们带不来红苹果，她们就杀了我，我求求你，再帮我一次吧！"

这时大一月起来了，走向旁边的月份，把权杖放在他手里说："十月兄弟，坐在我的位置上！"

十月坐在最高的石头上，在火焰上方挥舞着他的权杖。火烧得更旺了，雪融化了，但是树上并没有长出新叶。相反，它变黄了，并从树上迅速掉落。秋天来了。玛丽娜没有看见春天的花朵，更没有找到它们。她只看见了树，在那儿，看到了一棵苹果树，高高的树枝末端长着红苹果。

"晃啊，玛丽娜，快点摇晃它们！"十月劝她。

玛丽娜摇了摇苹果树——掉下来一个苹果，她又摇了一下——又掉下来第二个苹果。

"拿着苹果赶快回家吧，玛丽娜！"十月喊道。

她就拿起两个苹果，对月份兄弟们感激不尽，然后匆匆回家。玛丽娜回家后，霍莱娜和继母都大吃一惊。她们为她打开了门，她把两个苹果交给了她们。

"你从哪里摘的苹果？"霍莱娜傲慢地问。

"它们长在那里的高山，那里很多。"

但她不应该说那里有很多。

"那你为什么不多带点呢？你这个肮脏的女人，你这个懒惰的废物！"

"你在路上都吃了，是不是？"霍莱娜质问她。

"没有，亲爱的姐姐！我连一口都没吃。"

"我第一次摇晃，就掉下来一个苹果；第二次摇动之后，又掉下来第二个，之后他们不让我再次摇晃了。"

"他们让我赶紧回来。"玛丽娜说。

"让闪电劈死你！"霍莱娜骂道，她想打玛丽娜，继母已向她举起了棍子。

不想挨打的玛丽娜跑了，藏在厨房里的炉子后面。

馋嘴的霍莱娜停止了辱骂并开始吃苹果。她把另一个苹果递给母亲。她们从来没吃过如此香甜的苹果。

"妈妈，把我的皮大衣给我，我自己去森林。那个懒惰的废物又要把苹果都吃了。"

"我要找到那个地方，即使是地狱，如果苹果很多，我要摇晃掉所有的苹果，即使魔鬼恶魔阻止我！"霍莱娜喊叫着，她的母亲徒劳地劝说着她，她穿上皮大衣，用围巾包着头，向森林走去。她的母亲站在门槛上遗憾地紧握着双手，目视着她远去的身影。

霍莱娜走进森林。那里积雪如山，甚至没有人的足痕。她已经徘徊了很长一段时间，但是吃苹果的渴望促使她前进。突然，她看见远处有一片光。她走向火堆，有十二个人坐在那里——十二个月份兄弟，但她没有给他们打招呼，也没有请求取暖，就把自己的双手伸到火堆上，烤手取暖，似乎这个火堆是她自己的一样。

"你为什么来，你在这里找什么？"暴躁的大一月问道。

"这不关你的事，老疯子！你不需要知道我要去哪里，为什么去！"霍莱娜反驳

他。然后她走进森林，仿佛苹果已经在树上等着她了。

大一月皱着眉头，在头顶上摇了摇权杖。天空立刻被乌云笼罩，大火开始熄灭，大雪纷飞，寒风四起。霍莱娜连她面前的台阶都看不见了，随即就跌入更深的暴风雪中。她侮骂着玛丽娜。她的双腿开始僵硬，双膝也不听使唤，她跌倒在地上。

母亲等着女儿，看着窗外，甚至走出门去看看她是否回来了。过去很久了，但霍莱娜没有回来。

"她摘不来苹果吗？或者是发生了什么？我要自己去看看！"

母亲说着就披上皮草大衣，把头巾裹在头上出发去寻找她的女儿。雪下得越来越大，风越刮越冷，风雪已经堆积起来，就像高墙一样。她穿梭在暴风雪中，喊着女儿的名字，但没人回答。她不知道自己走错了路，辱骂着玛丽娜。她的双腿开始僵硬，双膝也不听使唤，她跌倒在地上。

玛丽娜在家里把所有东西都整理好了，做了午餐，挤了奶，但霍莱娜和继母都没有回家。

"这么长时间她们去哪里了？"晚上，玛丽娜坐在纺车前心烦意乱。她一直坐在那里直到深夜，线轴已经满了，但是霍莱娜和继母还是没有回来。

"噢，我的上帝，她们发生了什么？"善良的姑娘很沮丧，仔细地看着窗外。没有人能看见，只有暴风雨过后的星星更加明亮，地面是白白的雪，屋顶因霜冻而开裂。她悲伤地关上窗户，为姐姐和继母祈祷。

第二天，她做了早餐和午餐等着她们，但都徒劳无用，霍莱娜和继母都没有回来，她们俩都冻死在森林里了。

玛丽娜继承了家里的房子、奶牛、小花园和房子旁的草坪。在春天来临之前，这些财产还会有一位新主人，一位善良的年轻人，他会与善良的玛丽娜结婚，过起安逸的生活。

作者：帕沃尔·多宾斯基（Pavol Dobšinský），世译：E. V. T，汉译：集体

斯洛文尼亚·世译童话/故事

• 河　殇

　　魔镜里的法力时隐时现，突然全部消失了。它已经失去了昔日的光芒。三角洲的女王不想这样——至少她不应看着她的帝国就此灭亡。她低下了戴着沉重的珍珠王冠的头。她难以为继了。来自她魔法的河水，现在由于某种原因而消失了。在宽阔的出水口下面还有一些臭水，随着它们的消失，女王的魔法也慢慢地减弱。她知道太阳很快就会把剩下的水晒干。

　　在通向珍珠宝座的台阶上躺着几个精灵——她忠实的伙伴中留下的极少的几个。她们一个接一个地默默地死去，她已经为她们哭干了眼泪。

　　"海莉！"希望保持三角洲的地位和尊严的她，微弱地说，"我已经重新考虑了你的要求，我决定……"其中一个水精灵把目光投向宝座，她脸上露出了短暂的希望。

　　女王聚精会神地思考了一会，继续说道："好，我同意。如果你没有足够的勇气与你的河流一起去死，而是选择成为人类艰难地生存，那么就拥有它吧！从这一刻起，你就是人了。然而，你要知道，人也不是轻易死亡的，好自为之吧！"她要把女孩从宫殿中驱赶出去，海莉顿时明白了。

　　听着女王的话，她觉得自己的脚下有了力量。她离开了宫殿。她有一个计划并且她相信她能够在河流干涸之前拯救三角洲以及其所有生灵。

　　前面有一只巨大的蟾蜍挡住了流动的河水，用它的目光驱赶着河水直上云天。它使出浑身解数驱赶着河水，人们已经放弃了这个战场——他们还有其他的河流，但海

莉却没有。而且，她认为，到目前为止还没有谁能决定自己的去留。蟾蜍本质上也没有恶意。或许她不知道前面的蟾蜍接下来要干什么。如果有人能彻底告诉她河流干枯的原因，如果有人能够给她合理的解释……即使再大的蟾蜍也只是一只蟾蜍，也不能私自给她成千上万的同伴带来痛苦。

"必须动它！"海莉自言自语道，声音里带着勇敢和自信。她要拯救三角洲王国。她自己也将永远不再是水精灵了，如果有可能，她的牺牲会更有价值。沿着漫长的、即将干涸的河流，她向源头走去。她走了一整天，每当劳累时就会想起女王。她环顾四周，看到被吃剩的鱼刺、死蜻蜓、干枯的水草和被遗弃的鸟巢，她再次满怀信心地向前走去。

她知道，人的生命不仅是用热情来维持的，还要有力量，坚持就是胜利。胜利来临前，她都没有考虑到这个事实。

她坐在低矮的柳树下，背靠着柳树。她漫无目的地环顾着这个干枯的王国，并痛苦地意识到一个现实问题——如果继续往前走，就需要食物的支撑。她很快就用尽了力气，也没有休息好。她乞求这棵老柳树给予她一些力量，但柳树没有任何回应。

海莉感到很孤独，她甚至对她在城里认识的好人也失去了希望。事实上，好人早就搬走了。饥饿感越来越严重……她拿起了一块扁石头，石头下面隐藏的一只蜥蜴试图逃跑，但海莉反应迅速，立刻把它抓在手里。这个被抓的小动物徒劳地尝试自救，眼睛里发射出对死亡的恐惧。海莉无法看着它。"我不会杀死你的，"海莉说，"别害怕，我会放了你的。"她期待着蜥蜴对她的感谢或愤怒的谴责，但只是海莉的一厢情愿。一会儿，蜥蜴消失在干裂的土地上。海莉才意识到，她是个人，蜥蜴和柳树都不能理解她，她也不能理解它们。她咬紧牙关，走进了冷漠的国家，铭记着她的使命。她必须不惜一切代价实现这一目标，所以她打死了那只蜥蜴，并毫不犹豫地吞了下去。

不久后，海莉见到了最后一个活着的人，当她发现一个渡船人坐在一艘旧船的船篷前时，她有点不相信自己的眼睛。他没有看到海莉的到来。他低头划着桨，目视着河流的底部，最后一点泥土在那里闪闪发光。海莉为他感到难过。或许他是最后一个没有放弃的人，或许是因年老虚弱不能离开的人，他看着慢慢干枯的河流感到难过。眼前的一切提醒了海莉，那些靠汲取水中力量而生存的生物是怎样的命运，这白发苍苍的渡船人也是靠水吃饭的生物。当他看到海莉时，他饱经沧桑的脸上露出了微笑，他也很久没有见到活物了。他收留了海莉，并心甘情愿地与她一同分享他本就不多的食物，他们期间偶尔交谈几句。

听到她此行的原因和目的地，他一点儿也不感到惊讶。很长一段时间都没有人来这个地方了。老渡船人总是热情地帮助来人，并给他们提供食物、水和其他物品，这样才能让他们与蟾蜍作斗争，只有这样他才能生存。

似乎我要开始试试，虽然我不指望他理解我……海莉心想着第二天的事。

"这些高大的野兽常常懂得人类的语言。"渡船人安慰她说。

"所以，我们希望它能听懂，否则我将无情地消灭它。"她暗暗地补充道，其实杀戮并不像她想象的那么难。

渡船人的小屋外是繁星满天的夜空，海莉躺着睡着了。在白色的月光下，渡船人看到她的脸像水精灵，他俯身在海莉的身边，看着她均匀地呼吸。不久她将停止呼吸，他想。他用匕首狠狠刺了下去，一次就已经足够了——但他尝试了很多次，海莉一点痛苦的表情都没有。

清晨，他把海莉埋在旁边的硬土地里，这里有高贵的骑士、神秘的巫师和狂热主义者……但是，他们没有一个人，能沿着长长的河流完成杀死蟾蜍的任务。

作者：祖斯卡·米尼奇郝娃（Zuska Minichová），世译：马丁·米尼奇（Martin Minich），汉译：崔学芬

• 圆脸女孩

　　一队快乐的杂技演员在环球巡演中来到了一座古老的名城。傍晚，他们拿出粗大结实的绳子，将其两端固定在该城的两座最高的塔楼上，然后向所有好奇的人们宣布说：大家将要看到他们最为精彩的杂技表演，叫作"漫步城市上空"。铜锣响起来了，观众仰着头在路上站着，或从哥特式建筑的窗口探出身来，都看呆了。因为在拉紧的绳索上连续走过一小队穿着五颜六色的人影，他们跳舞、鞠躬，并软绵绵地在空中做着双腿跳的动作。当那些顽皮的家伙穿行到达黑暗深处的绳索的第二个端点时，观众们才吁了一口气。而那个圆脸女孩却记起了已在当地人中流传了许多年的一些奇闻轶事。据说当地出生的盲童早已消失得无影无踪。由于恐惧，她哽咽了，而且一下子明白了：只有盲人才能在万丈深渊上跳舞，他们从不知道，也无从知道那是多么可怕！危险怎样默默地等着他们！但她已经来不及向人们说出自己的谜底了。那些快乐的杂技演员当晚已经离开去了远方，也许去了一个地方，那里永远没有人能记得在这个国家里从某个时候起盲童全都消失的事儿了！

　　人们驱车带盲人国王巡视其王国。在乡村破烂的房子里嗷嗷待哺的小孩因饥寒交迫而哭泣着。国王问他的大臣："有人在哭吗？""没有，国王陛下，那是海鸥在叫。"早有准备的大臣解释说。"您的国家富裕而惠及每个子民，绝无此等事情发生。"国王沉默了，想，既然如此，为何没有听到孩子的笑声呢？在以后的旅途中，给国王拉车的马突然后脚站立，止步不前，原来有人因劳累而晕倒在地。大臣们立即把他扔进沟里。"你们把什么扔进沟里了？"国王问。"陛下，扔的是石头。"大臣们回答说。国王又沉默着想：从什么时候开始，石头落地后也会痛苦地呻吟？后来，一个圆脸女孩坐到了国王身边。大臣们做了一个即兴的游戏，其实他们也跟国王一样看不见。"我来给你治眼睛。"女孩说。她把一种神奇的药水涂在国王的眼睛上，然后女孩就消失了。这时，国王看见了他衰败的王国、饥饿的儿童和疲惫的臣民，他们穿着又脏又破，一点儿奔头都没有。"你为什么治好我的眼睛？"国王害怕极了。是的，国王们是看不见的。几乎永远是，几乎全都是。明明知道大臣在说谎，但却没有办法。对此，唯有让国王恢复视力的人将会受到惩罚。

有父亲虐待自己的孩子，孩子哭了。圆脸女孩走了过来，面无表情，态度坚决。"你生活失意也不能怪孩子呀！"女孩说，"把孩子交给我吧！不然你会像中世纪的刽子手一样，总是把受刑者带到断头台。刽子手慢慢地习惯了斧头落下时的声音，也习惯了有朝一日人们也许会给他本人送来最后的晚餐。人们会问他最后的愿望。这受刑者会说：请让我还是变成刽子手吧！"

作者：玛吉塔·多布罗维乔娃（Margita Dobrovičova），世译：简·瓦伊斯（Jan Vajs），汉译：李传华

•雨 衣

对今天的孩子们来说，雨衣是司空见惯之物。但是，雨衣，在这个故事发生时可是稀罕物。

这是第二次世界大战后不久，比起孩子们的塑料雨衣问题，人们还有其他要考虑的事情，尤其是在农村。我上完了一年级，经常在家里扮演圣诞老人的卡尔叔叔在我生日那天送给我一件蓝色带白圆点的雨衣。你可以想象一个七岁小女孩的快乐吗？我自豪地在镜子前试穿，晚上把雨衣叠好放在我的床边。之前，我就问妈妈，什么时候可以带雨衣去上学。

"下雨的时候。"妈妈回答。

"但什么时候下雨呀？"

"如果有云，这周就下雨。"

如果早一点下雨就好了，我带着这样的期盼进入了梦乡。

早晨，我醒得比哪天都早，把雨衣穿在睡衣外面，焦急地向窗外看去。外边是夏日晴好的天气，路上是奔跑的车辆，邻居凯里把鸭子往河里赶。

"大婶，有雨吗？"我透过窗子喊道。

大婶笑着摇摇头，用手中的棍子指了指天空。

我失望地穿上了衣服，没吃早饭就去了学校。

接着几天都是大晴天。开始夏收了，村民们都称赞这个干爽的天气，只有我不高兴。一周就这样过去了。

周一早晨，我又问到底什么时候下雨。正在忙碌的妈妈不假思考地回答，可能今天下午。

我忽略了这个"可能"，下午上课时，我就穿着雨衣去了学校。戴上帽子，扣上扣子，自豪地向学校走去，没走原来的路。我首先去了我们街道头，我同学玛尔塔家。玛尔塔的爸爸在多瑙河一带的航运公司上班，他的女儿上星期天给他说了我的独特东西，他就给女儿也送来了一件这样的雨衣，玫瑰色带红圆点。我发现她的雨衣比我的漂亮，但是我在别人面前不会承认这一点。

当玛尔塔看到我在如此高温的天气里穿着"游行的花衣服"，她有些惊讶，但我急忙跟她说，下午有雨。我也帮她穿上了雨衣，我们在镜子前转了个够，太热了，我们脸颊发红，然后去了学校。

路上，我们遇到了一些女士，她们笑着问我们为什么穿得像游行的，但我们马上告诉她们是我妈妈说会下雨。她们并没有反驳，只有贝特斯科伊教母坚称不会下雨，因为她的膝盖根本没疼。

学校前面已经有几个孩子在等了，离学校开门还有很长一段时间。我们在学校大楼前散步，看看其他人是否在看我们。他们真的看了！有几个人还带着羡慕的眼光说不会下雨，那些不羡慕的人看着蓝天，但是没有一丝云彩。

一连好几天都没有出现云彩。我今天还记得我那时是怎么回家的。在大课间，我们默默地叠好雨衣，放在书包里。回家的时候我们走了另一条路。

回到家里，妈妈立刻发现我有点不对劲，但我转过身，我头疼。

然后我去睡觉了，不再抱有幻想了。即使是成年人，也不能永远心存信念。

作者：爱丽丝·科姆洛西（Alica Komlosi），汉译：高慧

• 最后的审判

遭到数项逮捕令的追捕，以及全宪兵队和侦探的追杀，凶手库格勒表示，目前没有人能抓到他，以后也不会活着抓到他。最后一次，也是他第九次谋杀行动，他打死了一个想要逮捕他的宪兵。他在三个致命之处中了七发子弹，他似乎躲开了地球的审判。

死亡到来得如此之快，他甚至没感到痛苦。当他的灵魂离开了躯体，可能会惊叹这超越世俗的奇观，在世界以外的空间是灰色的，是无边的荒芜，但他却并没有感到特别惊讶。一个被关押在美国的人，将另外一个世界视为一个新的环境，在这个新环境中，他将有与自己斗争的勇气。

最终，库格勒免不了最后的审判，因为在天堂中永远是悬浮的状态，根据他的行为，他如愿来到了协议庭，而不是刑庭。协议庭布局很简单，和地球上的一样，但由于未可知的原因，缺少证人发誓所用的十字架。有四位老法官，还有带着严厉与不耐烦表情的陪审团，刚开始有点儿无聊——库格勒·弗迪南德生于某天，死于某天。这也表明库格勒并不知道他死亡的具体日期，他马上就在法官之前注意到对自己不利的信息，他是一个固执的人。

"我无罪！"库格勒固执地说。

"传证人！"审判长叹息。

面对库格勒，一个身材高大的老者表现得很不寻常，他穿着蓝色的长袍，身上满是金色的星星，甚至在他到来的时候，所有法官都起立，也包括沉浸在自己的愿望中的库格勒。那个老者坐下时，法官们才坐了回去。

"证人。"审判长开始说，"上帝，是协议庭把你叫过来的。您将在库格勒·弗迪南德一案中出示证据，您是最热爱真理的人，您不需要发誓，现在我们要求您，以审判的利益为先，将您限制在案件范围内，不要忽略任何具有非法性质的细节。而你，库格勒，不要打断证人，不要做徒劳的反抗，他知道一切，我请求证人先生作证！"

　　说到这儿，审判长将胳膊肘放在桌子上，用来支撑自己的身体，并拿走了自己的金边眼镜。显然大家都做好了长期听证人举证的准备，年老的陪审团成员舒服地坐着以便更好地睡觉，天使打开了生死簿。

　　"证人！"上帝咳嗽着开始了，"是的，库格勒·弗迪南德，工厂主的儿子，是他所有已死亡的孩子中最年轻的一个，这个顽皮的孩子带来了很多麻烦，他的母亲为此非常难过，但是羞于表现出来，因此他是一个叛逆者。你还记得吗？当你父亲要打你的时候，你咬了他的拇指，因为你偷了公证人花园里的玫瑰。"

　　"玫瑰是给税务员伊尔玛的。"库格勒回忆着。

　　"我知道，"上帝说，"那时她才七岁，你知道她后来怎么样了吗？"

　　"不知道。"

　　"她结婚了，嫁给了奥斯卡隆，一个工厂主的儿子，在她小产后与她欢好，所以她死了。"

　　"你还记得鲁道夫·扎鲁巴吗？"

　　"他怎么了？"

　　"这个人成了水手，在孟买被杀死了。在全市，你俩是最顽皮的，库格勒·弗迪南德行窃了整整十年，而且还不停地说谎。他在乌烟瘴气的环境中与酒鬼乞丐达波拉有关系，还与他分享食物。"

　　法官比了个手势表示这不属于这桩案子。但库格勒害羞地问："他的女儿怎么样了？"

　　"玛丽亚吗？"上帝说道，"这完全是道德的沦丧。在她十四岁时，她把自己卖了，而二十岁时就死了。但她临终时却仍然记得你，在你十四岁时，你喝醉了，从家里偷跑出来，你的父亲至死都为了这事后悔，你的母亲则哭瞎了双眼。你的妹妹，你那漂亮的妹妹，没有找到男朋友，只有一个小偷经常去看她，她贫困而孤独地生活着，将微薄的收入用于救助受伤的人。"

　　"那她现在过得还好吗？"

　　"还好吧！她在维尔切克的一个商店做针线活，夜以继日。还记得那个商店吗？你六岁时在这里买了玻璃球，一天后你弄丢了这个玻璃球，从此再也没有找到它。你还能想起来当时的你因为悔恨而自责哭泣吗？"

　　"那它滚到了哪里？"库格勒期待地问。

　　"在河床下面的排水管中，它一直躺在那里，已经过去三十年了，现在地球上多

雨，这个玻璃球就在排水管中飘摇着。"

库格勒低下了一直高昂着的头，而审判长戴上了眼镜，缓缓地说道："证人，你应该继续说这件事，被告有谋杀罪吗？"

上帝摇了摇头说："他杀了九个人，第一个人死于互殴，为此，他以莫须有的罪名进了监狱；第二个是个不守妇道的女子，他被判了死刑，但他越狱了；第三个是他抢劫的一个老人；第四个是个守夜人。"

"两个人都死了吗？"库格勒问。

"死在三天后，"上帝说，"而且极其痛苦的是守夜人留下了六个孩子。第五个和第六个是一对老夫妻，他用斧头砍死了他们，只发现了十六枚钱币，但当时他们藏了超过两万枚钱币。"

"我想问一下，在哪儿？"

上帝说："在床垫下的布袋里，他们贪心地把钱放在借贷人手中放高利贷。第七个人死在美洲，他作为孩子，孤身一人独自漂泊。"

"那么他一直在草堆中？"库格勒惊讶地低声说。

"是的。"上帝继续说道，"第八个是个行路人，在追捕时偶然碰到了库格勒，那时他已经患了骨膜炎，痛苦使他发疯，人啊！总是会受太多的苦。最后一个是宪兵，在库格勒死亡之前杀害了他。"

"他为什么要谋杀？"法官问。

"和其他人一样，"上帝回答，"出于愤怒，再三考虑之后出于对金钱的需求，或突然间为了私欲。他曾经也是慷慨大方、乐于助人的。对于女人来说，他是个好人，他喜欢动物，讲信用。我还需要讲述他的其他优点吗？"

"谢谢！"审判长说，"但不需要，被告，你还有什么为自己辩解的吗？"

"没有了，"库格勒毫不犹豫地说，"因为和事实完全相同。"

"现在休庭商议。"审判长宣布。七个陪审团成员都离开了。上帝和库格勒留在了法庭。

"他们是谁？"库格勒转头看向离开的人。

库格勒咬着手指："我认为名字不重要，我不关心这个，但是我认为像这样审判……"

"但是上帝，"老者最终开口了，"你知道的就是这样。你知道是谁揭发的吗？"

"我不知道。"库格勒惊讶地说。

"露西亚，一个女服务员，她因为妒忌告发了你。"

"报告。"库格勒鼓起勇气说，"你忘记说了，在芝加哥，我开枪打死一个叫作泰迪熊的混蛋。"

"但是没有啊！"上帝说，"从那之后他就恢复健康了，然后活到了现在，我知道他是告密者，但是从另一方面讲，他也是好人，他很爱孩子们，没有人是完全十恶不赦的。"

"上帝，为什么……为什么你不审判自己呢？"库格勒犹豫地问。

"因为我知道一切，如果法官这样做了，那么一定所有人都知道，所以他们不能审判。他们只知道这些，甚至从中感到心痛，为什么只有我能审判你，法官只知道有关你的罪行。但我了解你更多，所以库格勒我不能被审判。"

"那为什么这些审判的人也在天上？"

"因为我只属于天上，但是关于如何处罚则由人类决定，当然也在天上。库格勒，相信我，这里是有秩序的，这里的人类除了人性之外，没有其他正义。"

直到此刻，法官才协商好结果回来，最后审判长大声宣布："库格勒·弗迪南德犯有九次谋杀罪、故意杀人罪、抢劫罪、侵害他人罪、非法携带武器罪、偷盗罪，判处其在地狱永久监禁，立即生效。

作者：卡雷尔·恰佩克（Karel Ĉapek），世译：约瑟夫·冯德罗舍克（Josef Vondroušek），汉译：杨帆

✳ 土耳其·世译诗歌

• 如此明了

艾哈迈德·库次

很明显，我的死将在某个早晨发生，
第一缕光芒怯生生地从窗户进入。
照在我的头旁，放下窗帘，
让前半夜的蜡烛熄了吧。
然后穿着拖鞋跑去报告我的死讯，
大声说"我的租客凌晨失去了生命"。
让三五个人和市政厅听到这个消息，
他们跑来把我的尸体从房间里搬出。
我的棺材被人肩扛着走出房间，
你和陌生人一样，忘了我的名字吧。
好几天，你让我的房门开着，
好让我身后的家具留下来瞻仰。

世译：瓦希尔·卡迪费里（Vasil Kadifeli），汉译：胡国鹏

148

• 静静的船舶

亚希雅·凯马尔

如果时光停滞的这一天来临，

有艘船会从这个港口驶向一个不为人知的地方。

沿途一直静悄悄的，好像没有乘客；

它使出时既没有人摇手帕，也没有人挥手。

月台上的人们因这次旅行而悲伤，

湿润的眼睛几天来总是遥望远处的地平线。

无助的心！ 这不是最后一艘航船！

也不是我们悲苦生活的最后一次哀悼！

世间的爱人和被爱者的等候总是徒劳；

好像他们不知道离开了的爱人再也不会回来。

或许离去的人会因他们的这块土地而感到满足，

许多年过去了，

这次旅行中没有一个人归来。

世译：瓦希尔·卡迪费里（Vasil Kadifeli），汉译：胡国鹏

匈牙利·世译小说

●一个逃兵

星期二晚上，我们经过了一个叫乌伊海伊的村庄，这里距离我们的农场非常近，如果中士先生能准我一个小时的假，我就能蹦蹦跳跳地回家了。请还是不请？好吧！我太纠结了。但是我不敢请，甚至都没有休息，只能前进，不可能准假。

其他人鼓动我不要有别的顾虑，让我先跑回家，然后再去追赶他们，因为他们一定不会整夜赶路，尽管没有人知道他们是否会整夜赶路。大约是晚上十点，我们到达了马路的转弯处，那里离农场越来越近，只要经过三个营地。但是转过去，就离得越来越远了。"所以如果我是你，我一定要回家的。"达尼·帕普说道，"是的，回家！"他没有继续说下去，但我感觉到他真敢回家。我们默默地继续往前走，枪支和背包在我的肩头越来越重，我认为，达尼·帕普的想法和我一样。

"如果回家，我就可以和妻子美美地睡上一觉。"在我旁边达尼·帕普也在想这件事，甚至他吸烟的姿势都不同。

一年半以来，我们俩都没有休过假。我的鞋底上都磨出了洞，直进凉风。"所以……"我对着达尼说，"我也想试一试。"马上要休息了，我们焦急地看着对方。如果走五公里返回，还要多走三公里路，怎么还没有勇气？我停在沟边整理鞋子，人们从我身边走过，脚都踩到了泥里，脚下湿滑并不断溅起了水花，班长对着队伍后边的我喊道："不要停……"十五步之后又喊道："你跟上来了吗？落后的人，马上就休息了，到时候再整你的鞋子！"

我整理了很长时间的鞋子，当他们走远之后，我穿过了沟渠，就开始往回跑。他们离我越来越远。我穿过了一块田地，不是一块耕地，而是一个块粮田。去年这里种的玉米，今年我在黑暗的泥泞中看不到任何东西。不久我到了乡间小路，很快我就到了家。当然，家人们都已经睡着了。

我敲了敲门，老人们先醒了。我听到了妈妈的声音，她边找火柴边问："谁呀？"她只在黑暗中问了一句。当她点着灯时，又在门口问道："谁来了？""我，是我！"我回答道。她没有马上听出我的声音，毕竟谁能想到是我？当我进去时，玛吉特甚至不敢相信自己的眼睛。

他们立即开始围着火堆走动。父亲问我想吃什么？怎么回的家？

我说，想吃饭，但是我更希望有点热水泡泡脚。我脱掉鞋子，然后在火炉旁烤脚。脚磨破了，裂开了，前一两天就被冻僵了，现在可以享受温暖了，但我还是渴望把它们放到热水中。水准备好了，还有食物，我的父亲问我有没有烟，我说没有，他给了我一根。我的口袋里只剩一点儿烟灰了。"那你随身都带着烟吗？"他问。"是的。"我回答说，"可以从任何地方得到香烟，尽管有人说缺烟。"

他们问我能待多久？我不想回答，他们之前不知道，现在也不知道。我说："别问了，也许明天。"

我洗了脚，然后很困，以至于我几乎在椅子上就睡着了。但是这比和达尼坐在沟边要好得多。

我甚至不知道我想要什么，见妻子还是睡觉，当头往墙上一靠，脚在热水中痒痒的时候，我就睡着了。我在床上强打精神不睡，直到老人熄灭了灯。我甚至没有睡好——夜里醒来，流了汗，后来不知道自己在哪里——大概黎明时分，我听到父亲在外边说话。

我醒来时，阳光普照大地。房间里已经没有了人，我听到厨房传来一阵叮叮当当的声音，一匹马被牵到了院子里。像我看到的那样，玛吉特杀了鸡，我甚至看见锅里炖了几只鸡。我说："为什么早晨做这些？""不是给我们的。"她说，"客人们一大早就来了，这是他们买的。"我不喜欢这样的魔鬼，我们要为早上的来客杀鸡。我们几乎没有鸡，他们在信中提到过这个事。"被迫的。"她说，"为士兵，他们在这里扎营，买鸡，我们不得不卖掉它们。"

母亲也进来了，我问她，他们是什么样的兵？我不喜欢他们到这里来。"民兵。"她说，"他们大概十人，乘坐卡车来的。""魔鬼！他们什么时候离开？他们没说吗？"

"没说这个。"

"如果他们离开就好了。"

"如果他们来厨房吃饭，我去哪里？他们在院子里、马棚里，那我也无法离开。"

"为什么？"母亲问道，"难道你害怕他们？你也是军人呀！"

"是的，没错，但我宁愿见不到他们。就像您说的，他们是民兵。"

"但是这些民兵带着枪……"

母亲跟着我回到房间，她想说些什么，显然是不敢说，而是用严厉的目光看着我。我开始穿衣服，因为如果他们进来，把我从床上拉下来，我不能只穿内衣和内裤。

"还缺少什么？"我最后问了母亲，因为她只把东西放在了我旁边。她说："他们并没有给我们造成多大的伤害，默许他们在这里扎营，但是他们甚至连问都没有问我们是否同意。"

是的，当然了，我也知道，在这种时候大家问得不多，尤其对那些卡车拉来的人。我的母亲想知道，我为什么遇见他们会不高兴？

"简单地说……因为，"我说，"相信我，这很危险。不要问，甚至不要说我在这里。"如果她能把我的东西带出厨房，就更好了。

"那个东西他们已经看见了。"她说，"他们问这是谁的东西，所以我不得不说。但是他们什么也没说，还问我有几个儿子当兵，当我说大儿子在去年的战争中牺牲了，他们甚至还夸奖了我。"

"嗯！"我说，"我回到了厨房，如果他们注意这些东西，我至少还能暖和些。"玛吉特焦急地看着我，想知道他们的到来是否会让我不高兴。我说没事。我已经在等待他们的到来，但是我不知道，是留在这里还是回到房间更好。

我的父亲进来了，和他一起进来的还有一位民兵。只有他的轻机枪和帽子表明他是一个士兵。他并没有打招呼，只是环顾了四周，并从火中嗅到了什么。他进来时我就站了起来，没有戴帽子，我只能恭敬地站着。如果他不佩戴肩章，谁会知道他现在的军衔。而且因为他没有注意到我，我又以恭敬的姿势站着。

然后他靠着桌子坐下来，门开了，进来了两个人，后来又进来了一个。我向所有人点头示意，虽然只有一个穿着士兵外套的、也没有肩章的人。没有一个人接受我的示意，他们坐在桌子旁，而我站在他们旁边，因为我没有椅子可坐。母亲和玛吉特在炉子旁边忙乎着，父亲坐在门口的小凳子上。

"等一下！"母亲说，"我去再拿一把椅子，如果你们在长凳上挤一下，还能再坐一个人。"玛吉特说，如果他们有饭盒的话，叫他们自带，因为没有那么多的盘子。"外面还有几个人。"她说。

一个穿制服的男人回答说："这就很方便，四个人先吃饭，然后其他人再进来。"这时他才第一次看了我，只是看了看，什么也没说。当我转身离开炉子时，我的母亲也感觉到他在看着我，父亲从凳子上站起来，开开门让猫出去，然后他站在那里吸烟，没有再坐下。

"嗯，你……"穿着士兵服的人对我说。好像他在问该为我做些什么。不可能回答任何事情，我只是说："您请便！"他点着烟，手撑在桌子上，仿佛已经忘记了我，因为他正不耐烦地问："饭准备好了吗？我们还要等多长时间？"他们开始吃饭，我在口袋里找香烟，但是我没穿上衣，只穿了裤子和背心，我想出去吸烟。当我打开门时，穿制服的男人抬起头，问我："你要去哪里？"

我客气地回答："去上衣口袋里拿东西。"

他们继续吃饭，没有回答，我就进屋拿来烟，但是我不敢待在那里，他们已经注意到我，所以我又回到了厨房。我在那里卷着香烟。"喂，你拿来了吗？"那个穿制服的人问。"拿来了。"然后我很抱歉，开始吸烟。他跟我说话时，我不知道该把香烟放在哪里。他沉默了一会儿，但是我感觉很不舒服，当他们坐在桌子前吃饭的时候。我们四个人都站在他们身边，父亲在拐角处，母亲和玛吉特在火炉旁，现在他们无事可做，因为饭已经做好了。

他们马上要来饭菜。

吃完饭，他们都很开心。穿制服的那个人从他的口袋里拿出一瓶白兰地，然后依次倒给其他人。我的母亲热心地想给他们找玻璃杯，但是他们示意：这样就可以。母亲问，是否要为其他人摆好食物？然后开始收拾东西洗碗。但是他们再次说，这就很好，不要浪费时间。他们既不想起身，也不想出去。第一次进来的，那个戴帽子的人吃饭的时候没有摘帽子，现在他看着我，就像在集市上看马一样，然后问道：

"你是士兵吗？"

"是的！"我回答道。

"嗯，当兵的！"他沉默了，但是还在看我。

"我们有一支很好的部队。"穿夹克的人说。

"所以我们才不转业，不是什么稀奇的事。"

现在我感到，麻烦事就要来了，直到现在他们都没有要求我提供任何证件，如果他们发现我甚至没有请假的话，我该怎么办？

"你们的队伍在哪里？"戴帽子的人问。

我谦卑地回答："我开始和部队在一起，但是没有跟上部队，昨天以来，我就不知道队伍在哪里，而且不得不说，昨天还在那里。"

"上次在哪里？"穿制服的男人朝我打着响指说。

"在乌伊海伊。"我客气地回答。

"现在你正在寻找他们，是吗？"

他们都诙谐地笑了。接着他们开始小声地说："国家到处都是游兵散将，都在寻找自己的部队，而又小心谨慎地避免找到部队，因为这将结束甜蜜的生活，而过上漂泊和上前线的日子。甚至以找部队为借口就直接回家吃、喝、玩，是吗？"每个句子结尾，那个穿夹克的人都会反问，但是我什么都不回答。

"你这个坏家伙，告诉我，你是怎么找部队的？"我想说一个星期或者一个月以前……但是突然之间，我脑子里是一片空白，所以我说从昨天……他们当然不明白，我目瞪口呆，穿夹克的人挥挥手。

"把你的证明拿来！"

"我带了证明。"我看到玛吉特惊恐地在门口看着我，她手里抓着围裙的一角。

我摸着口袋，拖延着时间，尽管我可以马上拿出证明。我看着窗外，想跳出去。

我满头大汗，直到我把士兵证拿出来，递给穿夹克的人。我以为他可能不会打开看，但是他立即打开翻阅起来，看看我，又看看证。他甚至翻看了两次，但是什么都没说。然后他再次看看我，把士兵证扔在桌子上。

我的母亲点点头，我看到她的嘴动了动，她鼓足勇气摆起双手。她问："一切还好吗？没什么事吧？"

我没回她的手势，而是转身避开了她的视线。应该指出的是，我既不是找部队，也不是休假或请假。这一定被查到了，他也一定注意到了，但是他什么也没说。他又点了一支烟，然后对戴帽子的人说：

"告诉其他人，让他们进来吃饭！"

然后他慢慢从桌子旁站起来，走到门口徘徊了两次。

"确实，他昨晚才回家，"我的母亲说，为了让他心情更好。我很抱歉她这么说，如果穿夹克的男人已经知道什么，为什么还要这么说。这期间没有人提这个，情况还不错。

"昨天晚上。"他满意地说，还点了点头，仿佛他预料到一样。他用余光看着我，又好像在瞟房间里的其他物品，似乎他不再注意我了。我认为不会再发生什么糟糕的情况了。我要拿回我的士兵证，我正准备把手伸到桌子上。

"放下！"他说。

同时，戴帽子的人和其他人一起回来了。他们坐下了，然后立即又站了起来，我看到，我的母亲正在帮他们分配盘子里的食物。玛吉特也在帮她。房间突然变得狭窄了，我父亲站在门旁，都动不了。

"嘿，过来！"穿夹克的人冲我点头示意。

他继续往前走，我跟着他，其他人跟着我。在门口，我停下来等其他人出来，然后关上门。"走，走！"戴帽子的人一边说一边来到我后面。我看到父亲透过玻璃看着我，狗亲昵地在我身边跳来跳去。

"走开！"我告诫它不要打扰任何人，那些人可能会踢它。

我们走过院子，穿夹克的人停了一会儿，看了看四周，我们也停在他身后。然后我们向草堆走去，经过第一个草堆，穿夹克的人跳到另一头，又点了一支烟。

"好吧，就站在这里吧！"他说。

我站在他指的地方。他们开始继续前进，但是当穿夹克的人再次看向我的时候，冲我喊道：

"转过身去！面对草堆！"

我转身来，看向我面前的干草堆。他们在我身后只有三四步远的地方。我听到了他们靴子底下湿稻草吱吱作响的声音。他们停下脚步，同时把轻机枪扛上肩，这大约三四步的距离，肯定能打死我。

他们甚至不听我解释！也不问我，只是看了看我的士兵证……我突然想起来，我可能有请假条，如果请假条突然从士兵证里掉下来……这是不公正的……

猛然间我完全有了这样的感觉，好像我真的有请假条，掉了，我转身向他们解释我的过失。他们一个挨着一个站着，总共四个人，戴帽子的人手指扣着轻机枪扳机，

另外三个人在那里等着，还没开枪。我转身时他们看都没看。我等了一会儿，因为我不知道该如何开口，然后我开始客气地大声报告：

"我如实地报告，请假条从士兵证里掉了，"我向前迈了半步，当时并没注意到。"上尉先生，请等一下！我这就去找……"我想让他们回到屋子里，也许我真有请假条……另外，屋里还有我的父母、玛吉特和那只狗……我也会把它送走的……如果我知道的话，毫无疑问，我不会带他们到这里来……我想他们是愿意的。我如实地报告："我马上去拿……"我又快速地说了一遍……然后我用衬衫袖子擦了擦额头。

他们没有听我说话，我又走近了半步，他们还是没有听我说话，我似乎什么都没说，只能用手用脚比画着。他们脚下的稻草湿了，戴帽子的人从轻机枪上把头抬起来，他们已经开枪了，总共四个人。我回想起那只狗和那盆洗脚水，夜里我的一只手摸着玛吉特的屁股，就这样睡着了。

作者：伊姆雷·绍尔考迪（Imre Sarkadi），世译：马尔顿·费耶斯（Márton Fejes），汉译：杨帆

越南·世译小说/诗歌

•哈克爷爷

为了用火棒点烟，哈克爷爷吹着点火的木头，我清理好水烟袋并放上了烟叶，请他先抽，但是被他拒绝了……

"先生，您先抽吧！"

他把点着的点火棒递给我……

"谢谢爷爷！"

我一边拿点火棒一边又放进一小撮烟叶。吸了一口后，我捅了捅了烟管，放到他胸前。他放了点烟叶，但是没有抽。他拿着点火棒，弄掉上面的灰烬，说："也许我将要把我的狗卖掉，先生！"

整了整烟袋，他开始吸烟，吐着烟雾。我尽情地看着他，假装对他的话感兴趣。说真的，我觉得自己非常冷漠。我已经好多次听见他这个老生常谈的话题了。我也知道，他只是说说而已，他从来都不会卖他的狗。另外，如果他真要卖的话，这件事有那么重要吗？狗不值得让他这么困惑。吸完烟，他把烟袋放在下面，转身向外吐着烟雾。人抽完烟后大脑都会沉醉在一种快感之中。哈克爷爷静静地坐在那里，享受着这微妙的快感。我也静静地坐在那里，想到了我那些宝贵的图书。我在西贡重病的时候，卖掉了几乎所有的衣物，但是没有卖掉一本书。

康复之后，我带着里面只装有书的行李箱，重新回到了我的故乡。啊！那一本本整齐的书啊！我发誓要用毕生的精力保护好这些图书，保存这份勤奋、热情和信任的记忆，保护好这个富有激情和雄心勃勃的时代：每当我打开书，还没来得及读的时

候，似乎在我的心中就点亮了光芒，展开了一幅清纯二十岁求知青春的爱与恨的画卷。但是在生活中不可能只有一次不幸。每一次我遭遇困境时，没有生活来源时，我就会卖掉我的一些书。最后，当我只剩下五本书的时候，就是死，也坚决不能与它们分开。但是，我还是卖掉了这几本书。仅仅一个月，我患有痢疾的小儿子就要因劳累而夭折了……"不要啊，哈克爷爷！人一定要保护自己心爱的东西。你对小黄狗的感情和我那五本书不能相提并论……"

我这样告诉我自己，那么哈克爷爷在想什么呢？他突然告诉我：

"唔，先生，我儿子一年没给我写信了！"

看，确定，哈克爷爷在想他的儿子。他儿子做割胶工作五六年了。我刚回来的时候，他的工期刚刚结束。哈克爷爷拿来他的信请我读。但是他儿子又延续了一段更长时间的工期……他向我解释为什么谈起狗的事，因为这个他跳过了他儿子的事：

"狗是他买的！买来养的，打算结婚的时候，杀了它摆宴席……"

这就是生活！人们永远不能心想事成。这个年轻人有了心上人，未婚妻的家人知道了这件事，同意他们结婚，但是他们要求的彩礼太多：仅仅现金就达到了一百盾。如果再把坚果、酒水和婚礼费用加进去的话，支出就达到两百盾……哈克爷爷没有办法拿出这么多钱。他儿子竭尽全力想卖掉果园，但是哈克爷爷不同意。为了结婚卖掉这个果园，是多么愚蠢的一件事啊！另外，结了婚住哪儿呢？再者，如果未婚妻的家人执意要彩礼，卖掉这个果园的钱也不够举办婚礼的。

哈克爷爷心里有数，但是他没有勇气说出这些粗话。他试着用委婉的语气劝说自己的儿子。他劝儿子静下心来处理这件事，要耐心一点，希望找到更好的办法；如果不与这个女孩结婚，将来就与别的女孩成家。"在这个村子里，女孩多得是，不要担心……我尊敬的天地之神呀！"他是个好儿子。听到父亲说了那些话之后，他立马就不再提结婚的事了，而他看起来却不高兴。哈克爷爷知道他儿子一直在追求那个女孩，特别同情他。但是又能怎么办？当年十月，那个女孩和有钱的副村长的儿子结了婚，哈克爷爷的儿子心灰意冷。几天之后，他去了市里，找到了一家劳务介绍所，出示了身份证，填写了去橡胶园的工作申请……

哈克爷爷含着眼泪告诉我：

"他走之前，他甚至还给了我三盾钱，先生！我不知道为了给我钱，他抵押了自己的身份证，得到了预付款。他把钱交到我手里说：'我给你三盾钱，够你吃几顿好吃的；我没有能力养你，因此远走他乡，我走得很安心；开垦果园，雇一些人来干活，你自然会有足够的收入来维持生活；这次我将会努力谋生，当我能赚一百盾时，再回家；在这个村子里，没有钱，过着贫穷的生活是丢人的！除了哭我不知道怎么做。"他的身份证已经抵押，脸也让人照了相。他已经拿了别人的钱，已经成了别人的，不再是我的了……"

哈克爷爷！现在我明白了你为什么不卖你的阿黄，只有它能安慰你。你的妻子已不在了，儿子没有音讯。整天孤身一人，生活能不难过吗？伤心的时候，把狗当作朋友来缓解情绪。你叫它阿黄，就像没有多少孩子的母亲叫自己的孩子一样。有时，你闲来无事，就给他逮逮虱子，带它到池塘边洗洗澡。你像富人家一样在碗里给它放上食。你分给它吃的所有东西。晚上，在你喝酒的时候，它坐在你的脚旁边。吃东西的时候，像给孩子喂食一样，你给他一块，然后，就逗它。你对它说话就像父亲对自己的孩子说话一样，你对它说：

"你想你爸爸吗？你爸爸走了三年了……可能是快四年了……"

"我不知道年关的时候你爸爸能回家吗。如果他回来的话，可能结婚，可能就杀了你，要小心啊！"

这只狗总是把自己的嘴朝上，没有表现出任何表情；哈克爷爷用一种严肃的、令人害怕的眼神看着它，大声恐吓它：

"他要杀了你！你知道吗？太可惜了！"

相信它被吓住了，为了重新获得主人的喜欢，它讨好地摇起了尾巴。恐吓的声音更大了。

"你在讨我开心吗？你在摇尾巴吗？这没用的。他会杀了你，你会死的！"

看到它的主人如此愤怒，狗摇着尾巴走开了。但是哈克爷爷抓住了它，抱着它的头，拍拍它的背，小声说："不！不！不！不杀阿黄！我的阿黄特别聪明！我不允许他杀你……我会保护你的。"

哈克举起杯，杯子刚要到嘴边准备喝时，他突然叹了一口气。然后，他埋怨地算计起来。实际上，他算了一下儿子果园的收获。儿子走后，他曾自言自语地说："这个果园是我儿子的。他妈妈活着的时候，生活就很节俭，攒了五十盾，买了这个果园，那时候东西还不贵……是他母亲留给他的。上一次，他要我为他卖了果园，被我拒绝了，因为留着果园，完全不是为了我。

没钱结婚，他灰心丧气，走了。他发誓要赚够了结婚的钱就回家。开发他的果园，我要把利润的一部分留给他。"如果他回来了，没有赚到足够的钱，我将把我

的积蓄交给他。如果他有足够的钱，我将会给这对新人一些钱作为他们维持生计的一点资金……"他是这样对自己说的，也正是这样做的。他靠自己的劳动维持着生活。他把全部的农产品单独存放起来。他十分确定，在他儿子回来的时候，他至少有一百盾……

他摇着头，沮丧地告诉我：

"就是这样，现在存款已经用完了，先生！我只病了一次，准确地说，这场病一直持续了一个月零十八天，先生！两个月零十八天过去了，我一分钱没挣，没有药和食物……数数这花了多少钱？"

疾病过后，他非常虚弱，就不能再干重活了。村子失去了买棉纱的权力，因此放弃了亚麻布纺织。女人们有太多空闲时间，每当村里有一些轻松的小活的时候，她们都会争抢并包揽了一切，哈克爷爷没有活干。后来，台风来了，田地上的农作物都被摧毁。从台风来到现在，他的果园还没有收获任何可以卖的东西。米的价格越来越高了，每天他和他的狗都要消耗了至少三十分的米，但也没有缓解饥饿……

"经验证明，阿黄比我吃得多，先生！每天，它的饭至少要花费十五或二十分。如果这样下去的话，我去哪儿弄钱喂它？如果我让它少吃点饭的话，它会变瘦，这样我就卖不掉它，不是吗？现在它圆圆的，人们会很乐意买它，甚至不惜高价。"

他停了一分钟然后突然说道："唔，我决定把它卖掉！省一盾也是好的。现在花一分钱都要算计。现在的钱都是儿子的。如果我花多了，他就会受苦。现在我什么活也不能干了！"

哈克爷爷到我家来，看着我，他突然告知："阿黄已经离开了，先生！"

"真的吗？你已经把它卖了吗？"

"已经卖了！刚抓走。"

他极力掩饰着自己的痛苦。他笑着，看起来像哭，眼里就流出了泪水。为了让他哭出来，我想拥抱他一下。现在我不再和以前一样那么怜惜我那五本书了，只有同情哈克爷爷。为了找话说，我问：

"那它愿意被抓走吗？"

他突然脸色一变，蹲下身子控制着眼泪。他把头转向一边，没牙的嘴张得像个孩子，开始大声哭起来。

"太难过了……先生！它什么也不知道！听到我喊它，就马上高兴地摇着尾巴跑回了家。我喂他米饭吃，正吃着的时候，穆克躲藏在房子里，突然出现在它身后，抓起它的两只后腿，逮住了它。穆克和森用尽全力，才把它的四条腿捆住。当时它就知道完了！啊，先生！狗也是很聪明的！看上去，它好像在骂我。他看着我，一直在呻吟着，好像在对我说，唉，你这个罪大恶极的老头！我对你这么好，你竟这样对我！"

"确定是，像我这样年龄大的老人欺骗了狗。它不会认为我能骗它。"

我安慰他说："你相信现实，但是它不相信。此外，人们养狗都是想卖或者屠宰。而杀掉它们就是让它们经历一次轮回，它们会投胎转世的。"

他讽刺地说："你说得对，先生！狗的一生是不幸的，因此我们让他经历轮回，有机会变成人，它就会变得幸福啦……就比如说像我一样……"

我犹豫地看着他说："爷爷，每个人的一生都是相似的！你觉得我幸福吗？"

"如果人的一生也不幸福的话，那么就不知道，什么才是真正的幸福？"

他笑了并不停地大声咳嗽起来。摸着他瘦削的肩膀，我轻轻地说：

"没有人的一生是真正幸福的，但是我们可以让它变得幸福。现在你坐在床上休息，我去煮几个红薯，泡一壶新鲜有劲的绿茶，我们吃红薯、喝茶，然后抽杆烟……这就是幸福！"

"是的，你说得对，先生！对于我们来说这就是幸福！"

说完，他就开心地大笑起来。那个笑容是违心的，但是语气又变得柔和了。

我高兴地说："进入程序，对吗？那么，你坐在这里，我去煮红薯，泡茶。"

"我只是……"

"为什么要等下一次？不要让幸福迟到！坐在那里！我马上就做！"

"我知道，但是我还有一件事请你帮忙……"

他的表情变得严肃起来了……

"什么事？"

"先生，这件事有点长。"

"好的，你说吧！"

"是这样的，先生！"

他开始讲了起来，慢声细语地讲。但是根据所讲的内容总结为两件事。第一件事：他老了，儿子不在；此外，他没经验，如果没人帮他管理的话，靠着果园维持生活很难。我是个有很多知识的文人，受到大家的尊敬，因此他把他儿子的果园托付给我，为了避免其他人想入非非，他给我写了转让协议。等他儿子回来的时

候，再用这个果园来维持生计。我没有异议，带着有我签名的转让协议，开始替他管理这个果园……

第二件事：他已经很老并很虚弱了，他不知道什么时候就会死去。他儿子不在家，在他死的时候，不知道由谁来负责丧礼，他不想让他负责丧葬的组织操办，那样他会死不瞑目的。他有二十五盾，他想把这些钱托付给我，如果他死了，我拿出这些钱，给他的邻居们说，他就这么一点钱，其余所需要的钱，他没有别的办法，只能请求他的邻居们帮忙。

我笑着对他说：

"你为什么提前操心这个事？你还活着，不要害怕！留好那些钱用来维持生活吧！你走了以后，我们再想办法！努力省钱，应对饥饿吧！"

"不，先生！如果我继续吃饭，钱会花光的，我死的时候，去哪儿弄钱办葬礼？"

……

"应该是这样，但是在经营果园的时候，我们花费掉了许多积蓄。"他也没妻子和孩子。万一，他活不下去了，那应该卖掉他的果园。我哀求你，先生！可怜可怜我这么大年纪，请答应我吧！"

我看着他一直在求我，无可奈何地接受了。他走的时候，我又问了一句：

"你把积攒的钱都给了我，你怎么吃饭？"

他冷笑着说："顺其自然，我已经安排好一切了……无论发生什么，一切都会解决的。"

接下来的几天里，我看见哈克爷爷只吃红薯。红薯吃光以后，他就吃自己种的东西。一天，他吃了根香蕉，又一天，吃了煮熟的无花果，还有一天，吃积雪草，有几次吃一些海芋或者海虹。我把这件事告诉了妻子。她毫不犹豫地说：

"让他死吧！他有钱，就是不好好过。除了他自己，没有人让他难过，我们家没有那么富裕去帮他，我们自己的儿子还饿着呢……"

如果我们不试着理解周围的人，只会看到他们的疯狂、愚蠢和无知，这不值得，令人厌恶……都是摆脱罪责的借口……从来不把他们当作可怜的人……我的妻子不坏，但确实太可恨了。那些脚疼的人能想到别人而忘记自己的伤痛吗？当人变得太可恨，就不会想到别人了。人善良的天性被自私和不幸所掩盖。知道了那件事之后，我就不高兴，没有心思生气。瞒着妻子，我好几次偷偷地帮助过哈克爷爷。但是他好像知道我的妻子不同意我帮他，他拒绝了我所给他的一切。他非常坚决地拒绝了，以至于开始渐渐疏远我。

他不理解我，我越想越难过……穷人的爱往往过于敏感。他们很容易就能感受到他人对自身命运的同情，因此感到压抑，很难高兴起来。某天，我把这件事向涂平抱怨，涂平是我另外一个邻居。他不喜欢哈克爷爷，他张开厚厚的嘴唇说：

"他太会装了！实际上他特别不诚实。他刚刚问我要了杀狗的工具……"

我惊奇地睁大了眼睛。他低声说：

"他说，别人的狗跑到了他的果园里……他打算杀了它，杀完以后，就和我一起喝酒。"

唉，哈克爷爷！这是最后的极端行为，你也能做得和任何人一样好……那样的人！一个因为欺骗狗而泪流满面的人……一个为葬礼省钱，不让邻居花费而不吃饭的人……唔，生活正在变得越来越不尽如人意了……

不，生活还不是完全不尽如人意的，换句话说，不是一直都不尽如人意。我从涂平家回来很长时间以后，听见哈克爷爷家的吵闹声，我赶紧跑过去。几个邻居比我先到，在里面吵吵闹闹。我突然冲进去，哈克爷爷在床上挣扎着，头发乱作一团，衣服乱扔一地。

他的眼睛四处翻瞪着。他哀号着，泡沫从他嘴角流出，身体不停地抽搐。两个很强壮的人稳稳地坐在他身体旁边，他死前挣扎了两个小时。多么惨的死亡！没有人知道，他经历的痛苦和突发性死亡源于哪种疾病。只有我和涂平知道，但是不必说出来。啊，哈克爷爷，安静地闭上眼睛吧！不要再想着你的果园了，我会尽力保护好它。你儿子回来的时候我会交给他，并且对他说："这是你父亲尽全力为你留下的果园——他宁愿死，也不卖掉这一亩八分地。"

作者：南高，世译：阮轩秋，汉译：于荣华

• 素友诗歌三首

从那时起

从那时起夏日的阳光照耀我
真理的太阳已经照亮我的心
我的灵魂变成鲜花盛开的花园
处处是无尽的鸟唱和赞歌……

我一心想和众人紧密结合
并把我的心情散播四面八方
让我的灵魂与那些受苦难者
彼此接近并变得强大

我是数十万个家庭的儿子
我是数十万个走投无路者的小弟
数十万个没有玩具孩子的兄弟
无家可归、无面包果腹……

妈妈

心想着回家来看你
今夜远方的儿子在想你……
妈妈，冬天的寒冷冻着您了吗？
山风凄厉地吹着，细雨不停地洒

你在旷野里刺骨的风中战栗
驻足泥泞，播种水稻
你插了那么多秧苗啊
就像你温暖怀抱怀中给我的爱一样多
雨水浸湿了你的丝质旗袍
你虔诚的儿子是多么爱你

亲爱的妈妈，日日夜夜
爱着我，不要太担心！
我的每一次转变
都不会让你伤心
我那战斗的十年
不值你六十年的宿命！

瞧我，你的儿子，在远方前线
你和祖国，我爱的两个妈妈
在光亮中记住我，想着我
士兵的妈妈冷静而且勇敢
我现在去远方，有其他人陪着你
爱我的同志们吧，你的儿子们
他们像我一样，不曾告别
守护您并紧握钢枪

妈妈，我降生在你的怀中
因你而坚强，别人的妈妈也一样
许多人会照顾我，每一个女人
抚育儿子，为我整装、祝福
处处是家，让我感觉到温暖
而我，在这块土地上已如此强大
只是怜惜你等待的煎熬！
但想念时不要让我伤心

胜利后，我会高奏凯歌归来

今夜白发母亲独自倾听着
凄厉的北风中儿子的低语……

竹扫把的声音

每个夏日的傍晚
当蝉鸣声息
悄然入睡时
我听到地上有声音
是竹扫把
沙啦啦响

在"翰福"大道上
扫把扫地的声音
沙啦啦响

穿过罗望子的叹息
每个夏天的傍晚
扫把清扫着垃圾……
每个大冬天的傍晚
每当暴风雨停息
在无人的街道上
扫把的声音把我吵醒
一个女工
像钢
似铜
一个女工
在这里，在冬天的傍晚

清扫垃圾……

曙光里的明天

喜洋洋的闹市

一大把的花束

从高速公路运来

满大街开放

花香飘得很远

这条路上

芳香弥漫

记住哦，曙光下的花朵

这位昨夜的清洁女工

小家伙，你要记住

扫把的声音

那是你的妹妹

在夏日深夜

在寒冬傍晚

辛勤劳作

扫地的声音

依旧沙沙作响

你只是坚守着

这一段路面的清洁

小家伙，美化路面

这是你的目标！

汉译：胡国鹏

附录：本书人名、地名释义

贵马之下

1. 尤卡坦州（Jukatano）：墨西哥的一个州。

2. 阿兹台克：北美洲南部一个墨西哥人数最多的一支印第安人。

3. 斯特拉特福德（Stratford）：英国的一个小镇。

4. 武培（Vu-Pei）：陈·查理提到的人物。

5. 科西嘉岛：地中海第四大岛。

6. 普拉西多：景天科拟石莲属植物。

7. 亚斯明·亚德利：亚斯利是美国著名女演员，亚德利是英国著名香水品牌，这里借指一种香味。

好太太

1. 昂格罗德：一家购物中心。

跳舞的苏格拉底

1. 凯贝洛斯（Kirbeuso）：希腊神话中的地狱看门犬。

2. 赫尔墨斯（Hermes）：是古希腊神话中的谎言之神，骗术的创造者。

德米尔·卡亚的东方传说

1. 色萨利（Tesalio）：希腊地名，位于希腊中部。

2. 普什图人：阿富汗斯坦南部，巴基斯坦西部的主要民族，又称阿富汗人、帕坦族。

3. 亚兹拉尔：伊斯兰教中掌管生死簿的"死亡天使"，创造人类的四大天使之一。

4. 吉达：也称夏都，属麦加地区管辖，中东沙特阿拉伯第二大城市和金融中心。

5. 伊兹密尔：土耳其第三大城市。

赫罗、利安德和牧羊人

1. 赫罗（Gero）：希腊神话中爱情故事里人物。

2. 利安德（Leandro）：希腊神话中爱情故事里人物，阿比多斯地方的一个青年。

3. 阿比多斯（Abidos）：古希腊语，小亚细亚古城，起源于古埃及当地地名"阿卜杜"。

4. 海伦桥（Helesponto）：阿比多斯的一座桥，海伦，希腊神话中的第一美女。

5. 塞斯托斯（Sestos）：赫勒斯滂海峡北岸的重镇塞斯托斯。

6. 科林斯（Korinta）：希腊地名也叫哥林多，位于伯罗奔尼撒半岛的东北，临科林斯湾，是交通、贸易要地，战略重地。

7. 萨提罗斯：希腊神话人物，酒神狄俄尼索斯的跟班，半人半羊。

一头毛驴的自白

1. 柴门霍夫：波兰籍犹太人，世界语创始人。

2. 阿德拉尔：阿尔及利亚西南部的一个省。

3. 维希：位于法国中南部阿列省辖镇。

斯拉沃尼亚森林

1. 伊利亚节：8月2日（俄历7月20日），俄罗斯东正教尊崇伊利亚神，认为掌管雨、雹、雷、电。

2. 狗鱼：凶猛的掠食性鱼类。

3. 角树：别名构树、毛桃，桑科构属植物。

4. 图罗波尔耶（Turopolje）：位于克罗地亚共和国首都萨格勒布，胜产黑松露。

5. 萨瓦河：巴尔半岛西部河流。

6. 福林：匈牙利福林，该国货币。

去往伊萨的路

1. 伊萨（Isa）：指塞尔维亚。

2. 兹米杨耶（Zmijanje）：传统的波黑刺绣。

3. 布尔奇科（Brčko）：波斯尼亚–黑塞哥维那东北部城镇，在萨瓦河右岸。

4. 克拉伊纳（Krajina）：一般指塞尔维亚克拉伊纳共和国。

5. 巴尼亚卢卡（Banjaluka）：波斯尼亚–黑塞哥维那西北部城市。

素友诗歌三首

素友：越南诗人、政治家，承天顺化人，原名阮金成（Nguyễn Kim Thành）。早年加入印度支那共产党，投身民族独立与解放事业。

✻ 后 记

　　这本书从计划、组稿、编译花费了近5年时间，朴基完老师先后与"一带一路"沿线38个国家的世界语组织及个人取得联系，收集资料并借助于世界语博物馆的收藏，从中筛选了16个国家的25篇供参考编译，其中包括诗歌、童话和小说。2018年下半年，我终于从繁忙的管理工作中解脱出来后，有时间忙于佐佐木照央教授翻译的《庄子》和这本书的编译工作。2019年寒假是一个不寻常的假期，我带领世界语专业部分学生开始这本书的翻译工作，我一边讲解翻译知识，一边分配翻译任务，通过这个方式为他们上了一堂翻译实践课。2020年，居家生活成为一种新的方式，我每天早上分配翻译任务、下午收稿并讲解翻译知识。如今，我们也完成了这本书的编译任务，这是值得所有人庆贺的事。

　　除了译者个人署名以外，集体翻译均为枣庄学院世界语专业学生和部分毕业生。

　　在本书编译过程中得到了学校领导、国际合作与交流处、外国语学院、国际教育学院、山东世界语俱乐部以及世界语专业师生，国内外世界语者迪玛（俄罗斯）、萨一德（伊朗）、黛尔·默罕默德·布特（巴基斯坦）、杨秀娇（越南）、胡国鹏、庄企雄、李传华的支持，在此一并表示感谢！

孙明孝

2023年8月28日